我們的重製人生
木緒なち
繪者 えれっと
Kionachi / Illustration Eretto
09
怪物的誕生
Remake our
Let's time-travel to 10 ye
and reenjoy creativ
and sweet youthful d
Sketch Book

序章　夜晚的獨白

二〇一四年。十二月，年關將近。

深夜中，我騎著腳踏車行經漆黑的夜路。

我居住的入間市人口還算多，其實沒那麼鄉下。車站前有大型複合商場，距離有百貨公司的所澤也不遠。如果真有什麼買不到的東西，到池袋去也足夠了。

這座城市的機能十分充足，無可厚非。

可是一離開車站的中心地帶，許多地方到了晚上就一片漆黑。這裡和都心不一樣，許多家庭住宅聚集在這一區，所以晚上很少有人外出。感覺有點忽視夜貓子的人權。

而我正好就是其中一隻夜貓子。

「好歹也點亮幾盞路燈嘛。」

腳踏車的車燈只能照亮一小片不安的視野。

我任職的美少女遊戲公司當然不可能位於車站前的精華地段。而是位於黑夜中一片漆黑的正中央地帶。

薪水當然也不高，所以我租的公寓位置比公司更偏僻。目前我正騎向自己的住處。

安裝在輪胎上的轉動式老舊車燈發出嗡嗡的馬達聲，一道小小的光芒照亮前方。

腳踏車是二手的。地方政府出清長年棄置在停車場的腳踏車，我才有機會便宜買下。包含車燈在內，整輛車都已經接近極限。但我當然沒錢買新車。

一路上我都放空心思。反正光靠思考也解決不了什麼事。況且一整天發生的事情實在太辛酸，我實在不敢回顧。

再加上以前我邊想事情邊騎車，結果沒發現沒車燈的腳踏車迎面而來。當時差點正面撞上對方。

之後我就專心騎車了。

可是我試圖淨空內心，就被迫面對天天充滿爛事的討厭現實。

「呼……」

結果我又分心了。

回過神的我急忙確認前方。

「噢，危險……」

我搖搖頭踩動踏板。馬達一瞬間發出尖叫聲，車燈跟著一明一暗地閃爍。

「哇，不行了嗎？」

一瞬間我擔心車燈壞掉。但是過了一段時間，車燈又發出心情不好的聲音，開始發揮正常功能。鬆口氣的我繼續踩動踏板。

無論如何，負面的思緒總會浮現在腦海中。

我如果想拋開這些負面想法，這些想法就會逐漸變得具體，而且愈來愈大。

◇

即使我回到住處，也沒法放鬆心情。

目前我住在屋齡三十年的公寓內，三坪的單間套房，附有小型廚房與系統衛浴。

我知道牆壁與地板都很薄，所以在深夜只能靜靜吃著超商便當，戴上耳機玩玩遊戲。

之前連在深夜沖澡，都會被鄰居抱怨很吵。目前只能等早上睡醒再洗。

「哎～」

我深深嘆了一口長氣，躺在床上。映入眼簾的只有略為髒汙的象牙色天花板。

時鐘的秒針滴滴答答作響，聽起來特別明顯。聲音與心跳聲結合在一起時，讓我莫名覺得活著好空虛。

在床上翻了個身，我回想起今天的事情。

「今天又虛度了一日……」

研發進度不見起色。不論我怎麼提議，社長都無動於衷。職員接二連三離職。玩家罵的一句比一句難聽。

與其說有那件爛事印象深刻，感覺更像爛事化為一股漩渦，迎面撞上我。

「嗚……嗚嗚嗚……」

我突然毫無徵兆地流淚。

一旦鬆懈下來，這股黑暗就會迅速鑽進我的體內。它們會毫無前兆地出現，讓我痛哭流涕後離去。

即使我感到怒不可遏，我卻無計可施。

「不，不能這樣。」

我搖了搖頭，同時從床上起身。如果睡著前維持這種負面思考，不僅會做惡夢，還會愈睡愈疲勞。

然後我從沒放幾本書的書架上，最容易拿到的地方取下一本畫集。我雙手捧著畫集注視封面，以手指滑過深深烙印在記憶中的標題，光是這樣就差點讓我再度落淚。

「好羨慕……」

不過這份情感並非難過，而是憧憬。

我第一次知道這個名字，是前往父親的老家鹿兒島時，搭乘的渡輪名稱。

船身畫著大大的太陽圖案，名稱寫在圖案旁邊。伴隨著快樂的旅行記憶留下深刻印象的名稱，後來也成為我遇見的一本畫集標題。

〈向日葵〉。是秋島志野的代表性畫冊。

帶著草帽的少女笑容，以及蔚藍天空的封面給我深刻的印象。書中的眾多插圖描繪著各式各樣的季節，以及與季節相關的少女們活靈活現的表情。發售後轉眼間便廣受好評。

這本畫集幫助了我，總是帶給我溫暖。

照理說我身處的業界也還算接近，可是她卻距離我好遠。即使知道徒勞無功，我依然會問自己這個問題。

「有朝一日，我有沒有機會創作出這樣的作品呢。」

足以強烈撼動人心，從深淵中拯救他人。創作品存在如此神聖的力量。

對我而言，〈向日葵〉就是這樣的作品。

即使我身處創作的現場，也希望總有一天達到這種境界。

或許這種願望很自私，不過事實是，光靠許願永遠也無法成真。

我攤開畫集，再度躺回床上。即使在陰暗的房間內，彷彿只有畫集的位置照射到夏季的強烈陽光。

「她究竟是……什麼樣的人呢。」

我待在又小又髒亂的房間，而且一無所有。帶給我希望的她，究竟是什麼樣的人呢。

即使知道作品與作者不一定一致，但我還是很在意。

「和我沒有關係呢。」

就算在意，我依然無從得知。今後的生活我也肯定沒有機會知道。

沒有人會來找我。連我都只回來睡覺的這間小房間，我在畫集中感受到彷彿永遠一般的遙遠。

第一章　正確的城鎮

二〇〇八年的夏天尾聲。我和志野亞貴搭乘飛往福岡機場的飛機。

從東京前往福岡，大致上有兩種方法。

第一種是走陸路，搭乘新幹線或長途巴士。不過這要耗費相當多的時間，即使速度較快的新幹線都要將近五小時。若搭緩慢行駛的長途巴士，則得在座位上耗超過十四個小時。

因此多數人會選擇第二種方法，搭飛機。這樣不僅只要兩小時左右，之後要轉乘也非常方便。

「福岡機場有地下鐵通行。還設計成只要搭乘地下鐵，就幾乎能通往任何地方喔～」

在飛機的機艙內，志野亞貴一邊告訴我，同時似乎打從心底期待回福岡老家。

「的確似乎是這樣。」

我看著在機場買的導覽手冊，發現上頭的確這麼寫。應該說福岡機場似乎就離市中心不遠，降落時可以看見與其他機場不同的風景。

（不敢搭飛機的人可能會感到害怕。）

不過離市中心近也有好處。不論大阪或東京，離開機場後還得花時間搭車，光是這樣就讓人有點疲勞了。

我偷偷看了一眼志野亞貴的表情。

她看著前方的面板，臉上同時浮現微笑。

（果然，這就是回答嗎。）

即使我們共處相同的時間，我依然見不到她的完整身影。我一直設法找到真正的她。

但她總是現在不同的地方。就算我們一起創作，她的視線彷彿也一直在看不同之處。

——我想了解志野亞貴。我這句話有一半是擠出來的。她聽了之後沒有直接回答，而是以不同的形式問我。

要不要和我一起來福岡？

我認為點頭同意是了解她的契機，所以我沒有理由反對。

於是我和她一起前往福岡。

雖然我完全不知道她究竟會帶給我什麼答案，或者是由我開口問她。

但是我覺得，不跟她一起來就無從得知，所以我立刻點頭答應。

（我不後悔跟著她……但是，）

卻有一些讓我擔憂之處。

「我跟來真的好嗎。」

「怎麼說？」

聽到我不安的語氣，志野亞貴露出不解的表情。

「因為我又不是妳的家人，卻突然到妳家打擾。」

我從未去過福岡，目前打工也沒有忙到抽不了身，所以答應她並沒有問題。但我完全沒料到她會招待我在老家過夜。

「沒關係啦。我爸爸也喜歡找人來家裡作客，而且算上弟弟也才三人，有點寂寞呢。」

「是這樣的嗎……」

「嗯，所以你可以不用擔心。」

她對我微笑。雖然我稍微有點放心，但是內心某處依舊帶有一絲歉疚。

而且我還擔心另外一件事情。

志野亞貴並未在意我，開心地繼續聊天。

「希望恭也同學能嘗嘗絲島的海鮮。」

「對了，那裡靠近海呢。能捕到什麼海鮮呢？」

「嗯，絲島經常能撈到牡蠣喔，有店家可以品嘗到。真是期待呢。」

乍看之下沒有任何影響，其實在她的笑容底下，累積的疲勞顯而易見。

即使在醫院休息治療過，疲勞也無法輕易恢復。況且她就是因為弄壞了身體才回老家，並非開心地返鄉。

一想到她的家人擔心她的身體，我就感到難受。其實我很希望讓她盡情休養生息。

（可是考慮到輕小說插圖的截稿日……）

康復後的志野亞貴已經打電話聯絡責編，說明情況。由於進度上還有一些緩衝時間，所以責編似乎決定不延期。

當然進度不可能永遠拖延下去。況且考慮到她今後的工作行程，必須做個區隔才行。

志野亞貴表情平穩地看著窗外。在一望無際的雲海中，閃閃發光的陽光照耀她的臉龐。

帶有幾分神聖的光景，讓我想起十年後的世界。

向日葵。那本奇蹟的畫集拯救了我。

當時我一直心想，創作這本畫集的究竟是什麼樣的人。如果有機會的話，我想見她一面。

如今透過意想不到的原因實現了願望。而且我還在最近的距離，看著她一步步成為創作者的過程。

（真是諷刺。）

如今我面臨選擇。如果我擔心她的身體，就該默默在一旁守候。但如果我希望她在創作這條路上更進一步，就該鼓勵她，引導她繼續畫下去。

若是之前的我，應該會毫不猶豫選擇後者。

但如今我卻猶豫。明明發誓要貫徹個人主義，可是一看到她的變化，卻又立刻縮回去。憑我這種半調子的態度，肯定會再度造成不良影響。

以前從學生角度嚮往的世界，已經完全變成了業界。她們接二連三脫胎換骨，結果只有我依然是菜鳥。

在我糾結煩惱之際，「咚」一聲響起電子音效，機艙內播放即將著陸的廣播。

「啊，快到了呢。」

志野亞貴恢復姿勢，繫上安全帶。

我也跟著有樣學樣，同時腦海中反覆思考剛才的事情。究竟該如何抉擇志野亞貴的今後呢。

（我必須在這裡發現些什麼才行。）

在她的邀請下我來到福岡，即將知道自己嚮往的創作者的原點。目前我還不知道，這一趟旅行究竟是吉是凶。

◆

暑氣未消的季節裡，大阪南方一直維持濕氣蒸騰的酷熱。既然是秋老虎，真希望牠能趕快離去，但這隻大貓顯然還戀戀不捨。

「呼～還好共享住宅有空調，不過啊。」

多虧文明的利器，我們還能舒適地度過這個時期。目前不在此地的他們肯定也過得很舒暢。

我瞄了一眼客廳桌子旁的兩個空位。

志野亞貴和恭也一同跑到福岡去了。

如果只是去九州，就只會說「去了」，但福岡可是志野亞貴的老家。即使開口的人是志野亞貴，但恭也依然爽快答應。連在我這個第三者的眼裡看來，都覺得事情不得了。

「志、志野亞貴她們這時候，應、應應應該抵達了吧？」

至於在我面前方寸大亂的她，肯定慌張到連自己姓什麼都忘了。

「也對，之前說飛機下午四點半抵達，所以差不多了吧。還有奈奈子，妳手裡拿的不是杯子，要小心一點。」

「咦？啊……！」

奈奈子急忙將手裡裝了維他命的瓶子放在桌上。剛才她拿東西時不專心才會這樣。

目送突然要出遠門的兩人後，我們留在共享住宅看家。這裡現在是我的工作室，不過想到眼前的她多半很閒，一探究竟後發現果不其然。

（她完全心不在焉呢。）

不過換個角度的話，或許看起來挺可愛的。

只見奈奈子難為情地噘起嘴，聲音略顯不悅地開口，

「貫之，難道你不在意恭也與志野亞貴他們兩人嗎？」

「多少有一點啊。但他們不會因為這一趟旅行就在一起啦。多半一起吃吃福岡的美食，稱讚好吃之後就回來吧。」

「貫之你不知道內情，才說得這麼輕鬆……」

說著，奈奈子不滿地嘟起臉頰。

「發生什麼事了嗎？」

「沒事啦！話說你的輕小說怎麼樣了，不是已經開始寫第二集了嗎，好像沒什麼進展嘛。」

唔……她居然戳中我的痛處。

我的確已經開始寫第二集，但嚴格來說還在準備階段，目前正在擬定架構。之後

才會實際進入原稿階段。

「噢，我啊，有在努力寫啊。只不過一直卡關。」

結果我一直卡在擬定架構上。

初稿我已經給了責編，但是沒多久就遭到退稿。

郵件內只有一句話：『請再仔細看一遍，判斷這樣寫究竟合不合適再寄給我。』

老實說，我完全無話可說。連我自己都知道寫得「零零落落」。

所以我才抱著碰運氣的想法提交，但責編可是專業人士。立刻看穿了我的天真想法，直接退我搞。

（其實我隱約知道自己哪裡寫得不好。）

我比較擅長想點子，但目前缺乏建立後續在框架內組織的力量。大一時拍攝的第一部影片劇本也是這樣，我缺乏分析場景必要與否的能力。

而我身邊正好有擅長取捨的人。

（很想再和恭也多談談，可是……）

我又覺得不應該過度依賴他。

我曾經受到恭也極大的幫忙，結果卻對他恩將仇報。

他當然不會舊事重提，我現在也很想轉換念頭，用不同的方式寫作。

但是正因如此，這一次我不太想依賴他。如果不能靠自己的力量前進，就不算真正與他們並駕齊驅。

可能是我的表情透露出煩悶，奈奈子一臉狐疑，

「……什麼嘛，我還以為你會像平時一樣反駁，怎麼還真的退縮了啊。」

「當然啊，因為寫得不順利才沒精神嘛。」

「唔……」

奈奈子似乎明白地點點頭，

「我說啊，或許你會討厭。」

「討厭什麼？」

她可能感到害羞，轉過頭去同時開口，

「我啊，其實想努力嘗試靠自己作曲。但目前完全不習慣，所以卡住了呢。」

話說奈奈子也拜託恭也當製作人，以及交換意見。但她說她也有自己的想法，決定改變方式，不過度依賴恭也。

「所以呢……我們乾脆彼此吐苦水吧？總比憋在心裡，無法告訴他人來得輕鬆點。」

真是出乎意料。

不只是奈奈子會對我這麼說，也包括她居然憋著無處發洩的想法與苦水。

（原來不是只有我這樣啊。）

老實說，我一直覺得奈奈子比我更像成熟的創作家。

既有主動降低恭也協助的心理準備，創作過程中也不依賴習慣，一直試圖摸索前進。

所以老實說，我鬆了一口氣，也有種找到夥伴的感覺。

「哦……」

「哦什麼哦啊，不要的話就算了。」

她還是一樣嘴上不饒人，

「沒啊，我沒說不要。妳的提議很不錯。」

所以我說完後，誇張地低下頭去，

「勞駕您當我吐苦水的對象。」

「拜、拜託不要這樣。聽你鄭重其事這麼說，我很難為情耶！」

她便一如往常急忙揮手，感到難為情，讓我忍不住笑出來。

「不要笑好不好，真是的！」

「抱歉抱歉，總之就拜託妳啦。」

我原本擔心她吃醋導致心情低落，才會來看她，結果反而讓她關心。

（我已經來到這個階段了啊。）

這讓我感慨良多，當時下定決心回頭真的太好了。

光是能在創作過程中和他們聊這些話題，我就很幸福了。

◆

福岡機場真的位於市中心。搭地下鐵過幾站就能抵達最熱鬧的地區，這的確是其他城鎮沒有的特徵。

再往前一段距離就進入福岡巨蛋所在的地區。原以為來到地表後會立刻行駛在海岸線，結果卻看見群山和田埂。感覺這座城市十分緊湊，所有元素都縮小集中在一起。

「當初搬到這裡的時候，一開始還覺得很偏僻而感到失落。不過住著住著，會發現這裡是個好地方喔～」

志野亞貴開心地說。

與住宅地同樣多的田埂開始交織其中，變成十分閑靜的風景。過了有國立大學名稱的車站，再過一站之後，

「下一站，波多江站。」

車內廣播響起。

「啊，要在這裡下車喔。」

志野亞貴提醒後，迅速從座位起身。

「波多江……噢，漢字是這樣寫啊。」

車內的路線圖標示著漢字站名。從波多這兩個字來看，大概是距離海邊不遠的場所。

還來不及我多想，電車便抵達車站，車門開啟。我和志野亞貴走下月臺後，隨即在她的引導下登上通往閘門口的階梯。

閘門口位於階梯上的開闊場所，我們以ＩＣ卡輕觸閘門後走向出口。

不久後在眼前豁然開朗的景色，是非常普通的鄉下氣氛。

「這裡就是志野亞貴長大的城鎮嗎？」

站前有農協的建築物、一間小超市與銀行，還有寬廣的停車場。不遠處可以看見大型體育館與白色建築物，推測應該是國小或國中。

「呵呵，是不是什麼都沒有呢？雖然空空蕩蕩，卻是好地方喔。」

這裡的確沒有什麼特別之處。看車站名原以為會有一整片大海，結果也沒有。

但是考慮到志野亞貴誕生在這座城鎮，我就忍不住覺得這片閑靜的風景有特別之處。這的確是我先入為主的想法，不過對現在的我而言，實在難以坦率接受看見的一切。

志野亞貴以手機確認ＲＩＮＥ的訊息，

「爸爸說會來接我們。他應該已經到了……啊。」

左顧右盼後，志野亞貴隨即開口呼喊。

正好見到一名男性朝我們走來。

「亞貴，歡迎回來。」

男性臉上露出溫和的微笑，並且問候志野亞貴。

她也開心地點頭，

「嗯。啊，恭也同學，這是我爸爸。」

然後向我介紹。

「您是橋場恭也先生吧，我是亞貴的父親阿仁。」

仁先生禮貌地向我問候，我也自然低頭致意。他年約五十上下，頭上帶有幾絲白髮，不過給人聰明紳士的印象，很適合臉上的銀框眼鏡。

（他就是志野亞貴的父親嗎。）

或許這樣講很沒禮貌，但是和平穩的鄉村風景一樣，並未覺得他有特別之處。感覺就像是體貼的父親。

「啊，您好，我是橋場。」

我低頭致意後，

「不好意思，突然登門拜訪。」

「哈哈，沒關係啦。畢竟我們家只有三人也挺寂寞的。難得有客人拜訪，很讓人期待啊。」

他爽快接納了感到過意不去的我。志野亞貴說得沒錯，我似乎可以不用擔心這一點。

「咦？小優呢？」

志野亞貴感到奇怪地環顧四周詢問。

「噢，小優啊……他要待在家裡。他還是一樣怯生。」

「嗯，是嗎。」

志野亞貴也點頭接受了仁先生的話。

「志野亞貴，小優是……妳弟弟嗎？」

我詢問後，志野亞貴便微笑表示，

「是呀～但是他非常害羞，所以不敢來這裡。」

「真不好意思，您難得來府上拜訪。等一下我會唸他兩句。」

聽完志野亞貴與仁先生兩人的解釋，

「噢，沒關係啦，我沒有放在心上。」

我急忙揮揮手，示意我並未在意。

話說志野亞貴以前稍微提過她的弟弟。

她弟弟相當堅強，對志野亞貴有些嚴格。所以她也半開玩笑地說自己「不喜歡他！」

我當然知道這是基於姊弟之情的吐槽，所以才更好奇她弟弟是什麼樣的人。

（看來待會才可能和她弟弟見面吧。）

心中湧現一抹不安。

「我的車子就停在那裡，總之先回家吧。」

肯定答覆仁先生後，我們跟在他後面。邊走我邊尋思心中產生的不安思緒。

兩人並未特別提醒我，多半也沒什麼值得在意的。我猜她弟弟是生性害羞或膽怯吧。

（但是會讓人在意呢。）

其實我並不期待他會盛大歡迎。可是連見第一面都吃了閉門羹，讓人很難不擔心。

不過現在也沒必要杞人憂天。何況這趟旅途的目的不是為了讓他接納我，只要彼此沒有鬧僵即可。

所以我決定暫時別放在心上。

◆

得勝者軟體總部研發室，這裡是我打工的地點。

不過我最近覺得自己工作得特別起勁。打工？那是什麼，能吃嗎？

就算工作很開心，但我也有不滿的地方。之後我再說哪裡不滿，因為我必須將這份剛完成的工作提交給大哥哥上司。

「茉平先生，本人完成了！依照您的吩咐，完美畫好了道具等二十項物件！」

我一臉充滿自信的表情，將印出來的圖片一覽表遞到茉平先生眼前。

「哦，速度真快。那我來檢查看看。」

然後他便一如往常，動作優雅地邊點頭邊一張張看。該怎麼說呢，茉平先生連小地方的作業全都中規中矩呢。

「話說大大有聯絡嗎？」

「橋場嗎？不，他只說他要放假，除此之外都沒有聯絡。」

我略為發出不平之聲，同時向茉平先生秀出大大傳來的ＲＩＮＥ訊息。

「他傳來了什麼？這裡的街道很乾淨，而且聽說離海很近，所以海鮮很美味……是嗎。好羨慕橋場呢。」

「對呀！本人和大哥哥都在孜孜矻矻，努力不屑地工作。結果大大和志野亞貴學姊居然攜手前往學姊的老家，落差真的太大了！乾脆本人在自己的王國裡也發起罷工潮吧，欸，啊？怎麼了嗎？」

我正要繼續開口，茉平先生卻迅速伸出掌心朝向我面前，示意我停下來。

「等等，竹那珂小姐，修正一下。不是說不可以叫我大哥哥嗎？」

「欸～～不行嗎，大哥哥。本人難得繼『大大』之後想出了好聽的綽號呢～」

「不可以。因為我是獨生子，況且也不是妳的哥哥。」

「可是可是，茉平先生的感覺真的好像大哥哥呢！本人覺得這個稱號實在太合適了。」

「不行。來，從剛才的地方重新說一遍。」

茉平先生依然平穩地微笑，但他始終不肯讓我稱呼他大哥哥。

「好啦。話說茉平先生和本人都在工作，只有大大跑去玩，是這個意思啦！」

我的學長，綽號大大，目前正在外出。還不是去心齋橋等難波一帶，而是大老遠飛到福岡去。這段期間內當然向公司請假。

其實我非常清楚，大大去福岡其實事出有因，也知道大大會如此決定。但即使時間短暫，沒辦法和我最尊敬的大大一起工作實在很寂寞。不，是非常寂寞。

所以我才向另一位前輩，茉平先生喋喋不休地抱怨。結果茉平先生卻巧妙地以三言兩語左躲右閃，讓我感到超不甘心。

前輩怎麼這麼會四兩撥千斤啊！難道前輩是鬥牛士嗎！西班牙長大的喔！

「有什麼辦法。那位繪師叫做志野吧？橋場說擔心她的身體，所以我才會建議橋場也一起去啊。」

「咦，難道是茉平先生點頭同意的嗎!?」

就我所知，大大與志野亞貴學姊非常相信彼此。所以我可以體會他們這次一起前往福岡，想不到連茉平先生都說ＯＫ！

「哈哈，也不是需要我的許可啦。這只是想當然耳。」

「唔，是嗎……」

「而且，」

茉平先生表情略微認真，

「創作導致作者弄壞身體，突然發現的時候經常已經來不及了。就算她再怎麼年輕，也不可以太輕忽問題。」

聽得出來，前輩非常認真地關心志野亞貴學姊的身體。

「對、對呀，本人也覺得是這樣沒錯。」

我直覺認為這裡不應該吐槽。

茉平先生平時都這樣說話，而且可以開玩笑，談吐又風趣。連碰上我這種笨蛋，都會調整說話的音調配合我。簡直毫無破綻，讓我心想「這就是溝通能力強的人嗎」！

不過我最近覺得，一提到健康問題，前輩似乎就有特別的想法，或者該說執著吧。不久之前我有點感冒，戴著口罩上班。前輩便立刻略為強硬地叫我回去休息，工作由他來做。

原因之一可能是傳染給職員就麻煩了。不過我再度覺得，這個話題可能不應該隨便提及。

「總之就是這樣，由我們填補橋場不在時的工作吧。」

「也對，本人會連大大的部分努力搞定的！」

只要別深究奇怪的部分，茉平先生就是超級理想的前輩。所以我也一邊在意這一點，同時在大大回來之前努力工作。

（拿出活力，打起精神來！只要熬過這一關，大大肯定也會感到很開心！）

沒錯，特別在這種非常時期，大大肯定也在觀察我究竟能不能獨當一面。

哦，竹那珂小姐妳很能幹呢！下一次的企劃，妳一定要擔任核心人員……或許這樣也不再是夢想了呢！

總之先盡快處理剛才結束的這項工作，接著換下一項……

「噢，還有剛才讓妳提交的這些圖片，可能有幾張得重弄。讓我先整理一下。」

「哇——！前輩在這方面真是不留情面呢！」

◆

志野亞貴的老家距離車站僅數分鐘車程。很符合閑靜的住宅區這個詞，十分安靜。

「這裡就是志野亞貴的家嗎……」

房子比我想像中更大。歐式建築，窗戶造型很有特色。

路上根據志野亞貴的說法，原本要找剛蓋好的新屋。結果在二手屋市場看到理想的房型，因此迅速選定了這一間。理想的房型就是這棟房子。

「亞貴她啊，以前常說這裡是魔法師住的家呢。」

「以前有說過嗎？呵呵，我不記得了呢～」

連她本人都沒有印象，不過的確有這種感覺。

（好像真的有魔力呢。）

舉凡窗戶或屋頂的形狀，氣氛明顯與四周的日本風建築與眾不同。這應該就是志野亞貴誕生環境的特別之處。

然後我跟著志野亞貴與仁先生進入房子內。大門很寬廣，有開放感。而且整理得很整齊，與不擅長收拾的志野亞貴有不同的印象。

面對大門的右手邊是一條長走廊。根據志野亞貴的解釋，這能通往所有房間。

「客房在一樓，先將行李放在那邊吧。」

先開了門的仁先生告訴我，於是我準備打開走廊盡頭的門。

「咦，鎖住了……」

但那扇門卻鎖住了，打不開。

「啊，客房不在那裡喔。是這邊。」

「是嗎，抱歉。」

在志野亞貴的引導下，我進入別的房間。

這間客房是光線充足的日式房間。空蕩蕩的房間鋪了榻榻米，上頭疊放了一床棉被。歐風建築中只有這間房間與眾不同，可能是後來改建的。

「有什麼不夠的就告訴我吧。」

雖然仁先生很客氣，但是我突然造訪別人家，實在不敢提出這種要求。

（如果缺乏什麼生活用品，就去便利商店找找看。）

剛才的路上我看到有間 DAWSON，需要什麼就去那裡買。如今的日本只要有便利商店，原則上都能搞定。

放下行李，取出必要的東西後，我吁了一口氣。我接受志野亞貴的邀請來到福岡，還來到她的老家。以單純的朋友而言，顯然過於深入了。

「不知道心中究竟在想什麼呢。」

這個問題不僅是問志野亞貴，也是問我自己。

我自己就有許多不明白的地方。知道她的內情又能怎樣，究竟是來尋找判斷基準？或者純粹是興趣的延長？我都沒有徹底搞懂這些問題。

和如今家庭的溫馨感正好相反，我反而一直緊繃神經。志野亞貴究竟有多麼深不見底，目前我依舊一無所知。

◇

「晚餐準備好後我會來叫您。」

剛才進入房間時，仁先生提醒我。真是出乎意料，我還以為要吃外面。為了外食，我還特地多準備了一些餐費。

「敬請期待吧～」

志野亞貴也告訴我，然後回到自己房間。

（他們家很少外食嗎？）

我感到奇怪的同時，等了大約三十分鐘。隨後聽到提醒，我便前往飯廳。

打開正對大門的房門後，見到已經有人坐在四個座位的餐桌旁。

是年約高中的男生。不用志野亞貴說明，我就知道他是誰。

（他就是小優……嗎。）

座位上略低著頭的他，長得很像志野亞貴。如果志野亞貴頭髮剪短一點，應該就和他一樣。

容貌端正，散發中性的氣氛。而且身高看起來不高，感覺不分男女都會喜歡他。

「晚安，你好。」

我試著隨口向他打招呼，但他僅略微點頭致意，並未回答。

（話說志野亞貴之前說他怯生吧。）

既然不好意思繼續開口，我也直接就座。

兩人保持沉默了一段時間。我不知道他在想什麼，但推測應該對我沒有好感。

（好尷尬……）

就在我希望志野亞貴或仁先生的其中一人趕快來的時候，

「久等了～」

不知是不是聽到我的心聲，志野亞貴打開房門後進入。

「啊，小優，去幫爸爸的忙。」

她開口吩咐後，小優便點頭起身。

即使小優依然不發一語，但似乎很聽姊姊的話。

小優離開房間後，志野亞貴望向我，

「剛才有和小優聊什麼嗎？」

一瞬間我思索該如何回答，

「噢，就打招呼而已。」

為了避免她無謂地擔心，我決定跳過這個話題。

「抱歉喔，他不太擅長開口。」

志野亞貴似乎也擔心他這一點。

不久後，小優與仁先生一同回到飯廳。兩人手中端著盛放豪華餐點的大盤子，從中散發出激起食慾的香氣。

「嘩，真不得了……」

緊接著菜餚一道道上桌，顯然已經超越了家常菜的範疇。

有紅酒燉牛肉，色彩繽紛的沙拉，剛烤好的麵包，以及暖橙色的法式濃湯。一切菜餚都有職業級的水準。

在我問為什麼之前，

「爸爸的職業是廚師喔。」

就聽到志野亞貴準確地回答，我才深深體會。

「機會難得，所以不小心準備得特別起勁。來，請用吧。」

脫下圍裙的仁先生與小優就座後，我們四人開始用餐。

看起來這麼美味的菜餚，不好吃的機率無限趨近於零。果不其然，每一道菜餚都十分美味。

「不得了……真是美味。」

我告訴仁先生自己的感想後，

「符合您的口味真是太好了。」

他便高興地回答我。

「爸爸的手藝果然精湛～」

志野亞貴也滿臉笑容享受菜餚。

「完全不一樣呢……真是驚人。」

仁先生的手藝讓我大為驚訝。即使我多少會下廚，但不論調味或擺盤，細節都與仁先生完全不一樣。畢竟人家是廚師，理所當然。

在我一邊品嘗菜餚，同時思考能不能偷學技術時，

「有件事情想問問橋場先生……」

結果仁先生突然向我開口。

「噢，請問，什麼事呢。」

仁先生有些難以啟齒地開口，

「這個，亞貴她……在大阪那邊會下廚嗎？」

一聽到這句話，志野亞貴頓時僵住。

「下、下廚啊，其實很……咿！」

這一瞬間，志野亞貴以前所未有的犀利眼神望向我。臉上露出『不准說！』的表

情。

現、現在只能配合她了。

「有、有在下廚啊，各方面。哈哈哈。」

「是嗎，那有沒有拿手菜之類呢。」

「拿、拿手菜啊，這個……」

我立刻想到泡麵。但是泡麵只要從袋子裡取出，倒入燒開的熱水即可。而且她連這麼簡單的食物都經常出包。

視線深處的志野亞貴露出「唔～」的不悅表情。可是我也沒見過志野亞貴做的菜，實在不知如何開口。

在我支吾其詞時，仁先生輕輕嘆了一口氣，

「原來如此，我大概知道了……亞貴。」

「怎、怎麼了。」

「爸爸沒有要求妳什麼都會做……但是起碼要學會幾道菜才行，在有需要的時候才不會煩惱。」

「……好啦。」

志野亞貴比我想像中更坦率地同意仁先生的教訓。她果然想盡早脫離光靠泡麵維生的生活吧。

（見到這樣的志野亞貴，真是新鮮。）

她原本就很聽話，不過見到她挨了一頓教訓後沮喪的模樣，感覺有點有趣。

「那麼爸爸，待在家裡的這段時間教我做菜嘛～」

「以前不是教過很多次了嗎？亞貴妳總是立刻改成自己的風格呢。」

志野亞貴略為嘟起臉頰表達不滿，仁先生則開心微笑。這幅溫馨的光景連無關的我都忍不住笑出來。

（話說……仁先生真是穩重呢。）

我再度望向仁先生。

略為斑白的頭髮整齊梳向後方，這種髮型叫做全後梳。我原以為他是為了當廚師才留這種髮型，但整體而言很乾淨，也給人嚴肅的感覺。

不過仁先生的表情很柔和。即使不像志野亞貴，獨特的溫暖感覺多半是繼承自父親吧。

他散發的氣氛彷彿就像好好先生，以前從未大聲罵過人。

（相較之下……）

在我們三人歡笑中，我偷瞄了一眼弟弟小優。

「…………」

（……咦？）

一瞬間可能是我多心了。但他對我露出明顯不懷好意的視線。

雖然他又立刻低下頭去，但我之前和他甚至沒有好好聊過。很可惜，他對我有負面印象的可能性還頗高的。

（其實我都還沒和他說過話，不足以讓他討厭我吧。）

能想得到的原因，就是我這個外人介入和樂融融的一家三口，他才會對我提高警戒。簡單來說就是嫌我礙事。

（啊，該不會……）

我想到不太一樣的可能性。

他對我這個介入的外人露出不友善的態度，並且十分聽從志野亞貴的話。該不會，

（他以為我要搶走他姊姊嗎……？）

有這個可能性。畢竟姊姊突然帶男人回老家。不論有什麼原因，一旦他有這種想法，我肯定變成他眼中的麻煩人物。

意思是今後，我們有可能變成家人。

（拜託，這也太性急了……吧？）

即使我這麼想，但以他的立場可能會反嗆我「不然還有什麼可能性」？情況證據對我實在太不利了。

畢竟我是臨時拜訪。考慮到多半沒有取得他的同意，而是直接通知我會來。他很可能覺得即使只有自己反對，也要表達抗拒的態度。

『弟弟很堅強呢。』

事到如今我才想起她說過的話。

保護這個家，保護以往生活的人是他。如果這種想法讓他對我抱持敵意，對他就突然感到過意不去呢。

（不知道暫住的這幾天，有沒有機會和他好好談一談。）

與美味的菜餚正好相反，晚餐會的心情顯得有些沉重。

◆

與奈奈子締結「相互吐苦水協議」之後，立刻討論何時舉辦。

碰到這種時候，我和奈奈子都喜歡趁熱打鐵。於是我們立刻去便利商店購物。

「罐裝 chu-hai（註1）買了，果汁買了，點心也買了。手機也關機了，不會有人打擾。所以奈奈子，可以開喝了吧？」

1　水果口味的燒酒＋蘇打水。

「ＯＫ啊！那就開始喝酒吐苦水大會吧！」

「好，那就乾杯!!」

鋁罐發出有點清脆的「鏘！」一聲相碰。這一聲化為開喝的信號，剛約好的吐苦水大會立刻開始。

「我說啊，有些曲子連我自己都覺得唱得超好的！棒透了！對不對？」

「嗯，會有自己的得意作品呢。」

「對啊，我超期待自己的最高傑作呢！結果上傳到 NicoNico，播放數卻少得可憐，連聽眾的反應都很零星呢～」

奈奈子深深嘆了一口氣。

「然後呢？是不是嗆妳『真的唱得那麼好嗎？』的人被鄉民推爆？鄉民還說這是最有代表性的評論？」

「沒錯沒錯，你完全說中了！其實我很高興有人非常喜歡聽我的歌喔？是很喜歡……可是會希望鄉民既然喜歡那一首，為何不喜歡這一首呢……!!」

「原來如此～」

我看著懊悔的奈奈子，同時飲用罐裝 chu-hai。另外奈奈子的酒量超級差，今天喝果汁代替。

我原本不喜歡在飲酒會上光吐苦水。因為抱怨到一半，總會覺得還是該思考積極的解決方法。

不過我和奈奈子都是創作者，而且還是不同的領域。聽聽彼此的事情，多少會覺得自己的煩惱輕鬆一些。

（雖然距離解決還很遙遠呢。）

光是說出來，心情就輕鬆一些。比起情緒一直低落下去，利用這種聚會喘口氣是更好的選擇。

「所以呢，貫之你沒有要抱怨的嗎？」

「怎麼沒有，多的去了。」

我又喝了一口 chu-hai。

「我本來就很不會寫架構。畢竟我不擅長事先安排大綱，再依照大綱撰寫內容。所以如果不克服這個弱點，每次寫架構都會寫得想撞牆呢……」

然後我深深嘆了一口氣。

「可是啊～弱點要是這麼容易克服，我就不用這麼辛苦了～」

我也非常明白，這將會成為我的瓶頸。

所以我買了好幾本書來看。像是如何擬定架構、整理腦中思緒的方法。我甚至覺得利用到的大腦區域可能與寫小說不一樣，還買來商業書籍研究。

可是目前尚未獲得明顯成果。

「嗯～不擅長的地方被責編挑出來，的確很辛苦呢。」
「就是說啊，都寫到第二集了還這樣，沒完沒了的煩惱呢。」
奈奈子點頭同意，
「我也是啊。像我剛才提到的播放數，如果在選曲階段多想想，推出原創曲子之類或許有機會解決。但是我以前太過依賴別人解決這些問題了。」
「對啊，以前身邊有人擅長統整與整理，所以我也一直沒有認真解決這個問題。」
話題似乎很自然聊到這裡。
我們幾乎同時想到他。
「就是因為不能過度依賴他，才會設法獨立單飛啊。」
「嘴上說得好聽，要是做不到就沒意義了。」
我們兩人再度深深嘆了一口氣。
要完全不靠他的幫忙創作，似乎還有許多不足之處。
「不過啊。」
奈奈子忽然開口。
「貫之你即使陷入困境，也會主動振作，努力突破呢。」
這句話讓我大吃一驚。我反而覺得自己只會像無頭蒼蠅一樣瞎轉。
「哪有啊。之前創作遊戲的時候，我最後不是逃跑了嗎。如果恭也和妳沒有帶我回去，我就會一輩子在川越擺爛了。」

「可是恭也在川越只能提供契機吧。因為他相信貫之你做得到，所以當時才會叫你別走。」

原來是這樣啊……我還以為他當時強烈拉了我一把。結果至少在奈奈子眼中並非如此嗎。

「所以這次也一樣。如果你再努力拚一下，總覺得結局就能做得更好。雖然讓我很不爽。」

最後的感想姑且不論，原來我在她眼中是這樣子嗎。

「……是嗎，那或許代表我陷入的危機還不夠深啊。」

我手中高舉的罐裝chu-hai，反射出我自己的表情。

剛回到川越時，我的表情糟透了。瘦削又毫無生氣，行屍走肉這四個字簡直在形容我。

但是多虧恭也的幫忙，我一口氣恢復生機。足以下定決心行動，成功面對老爸。

我一直以為全都是恭也的功勞。不過唯有跨出第一步的勇氣，可能是相信自己的關係。

（我究竟怎麼了呢。）

自己映照在鋁罐上的表情，看起來比之前更加可靠。

◆

隔天我們上午就出門。

仁先生和小優都放假，決定由仁先生開車帶我們逛附近。我對福岡一無所知，所以欣然接受提議。

我們坐上四人座，略為舊款的 Mini Cooper。車子剛開不久，志野亞貴便惋惜地開口。

「欸～牡蠣小屋現在沒開嗎？」

「亞貴妳去關西後，連牡蠣的季節都忘了嗎？絲島的牡蠣要從十月底才開始喔。」

手握方向盤的仁先生哈哈笑著回答。

記得提到牡蠣的季節，有句話是『英文中有R的月份』。現在還算是八月份的暑假，August 裡沒有R這個字。要從九月開始才有。

「是嗎……抱歉喔，恭也同學。」

「沒關係啦，別在意。」

的確有一點可惜，但這實在無可奈何。

「前面有一間全年提供牡蠣餐點的店家，就去那裡吧。」

出於好心的仁先生告訴我。

車子順暢地沿著平緩的海岸線行駛。志野亞貴老家所在的前原市位於絲島地區的中心，幾乎整片地形都是平原。

海產資源豐富，名產除了剛才提到的牡蠣以外，似乎還有當地的酒與草莓等。

……其實這些都是仁先生在路上告訴我的。

「目前在討論合併市町村的議題。將來包含這附近，可能全都會合併成絲島市。」

但聽說現在為了合併後的影響等因素，尚未達成結論。由於前原市無論如何都會成為中心，為了避免其他地區蕭條，似乎要等仔細考慮對策後再決定。

話說十年後的世界，有一位我常看的直播主就在這附近的國立大學擔任研究員。他經常泡在超級公共澡堂，或是賣當地酒的店家。另外他實況玩寶口夢與聖誕的吻也很有趣。

記得他在直播中提過絲島市或波多江等地名。

可是要問我更進一步的記憶，我就只記得一些模糊的印象了。

（畢竟沒有記得這麼多知識。）

等回到大阪後，稍微查些資料或許比較好。

「爸爸幫我們買腳踏車的時候，也經常和小優一起來到這附近。對不對？」

志野亞貴說明後，小優也默默點頭。

「能騎到遠處很開心吧。他們兩人好幾次結伴遠騎自行車，直到太陽下山才回家呢。」

仁先生也瞇起眼睛表示。可以得知她們姊弟感情很好。

「然後提到十字路口的柑仔店……」

志野亞貴與仁先生直接聊起附近的事情。舉凡那間店後來怎樣，這個地方之後怎麼改變。其實她並非相隔好幾年才回家，不過這一代似乎改頭換面得比較徹底。

感覺自己跟不上話題的我，隔著後視鏡看了一眼坐在副駕座的小優。

「…………」

他還是一樣沒有參與討論。即使仁先生和志野亞貴偶爾提到小優，他也僅默默地點頭。看起來應該不像心情不好，但實在讓人在意。

（照這樣看來，今天可能也沒機會開口吧。）

距離第二次接觸可能還得花些時間……應該說這堵壁壘可能厚到旅行結束為止，都沒有機會化解。

◆

鐵橇咖啡廳，下午的時段幾乎沒有顧客。

這個時間很適合悠哉看書。不過很可惜，今天我並非獨自前來，而是兩人。

「昨天我做了個夢。」

剛一坐下，對方立刻向我開口。

「我和妳在同一間公司，而且妳居然是我的上司。我還以為彼此肯定會吵架，結果出乎意料，工作得很認真。夢的內容噁心到我了，害我醒了過來。」

我嘆了一口氣。怎麼一開始就聊起這個啊。

「我要是有九路田你這種下屬，大概整個胃都會融化吧。」

「要這麼說的話，我要是有河瀨川妳這種上司，早就辭職不幹了。」

這次我們一起嘆了口氣。我們明明會互嗆，這種時候卻特別合拍。大概就是所謂的同類相斥吧。

「話說怎麼了？既然妳都請路上偶遇的我喝茶了，代表有什麼心事吧？」

他說得沒錯。其實我也一直很在意輟學後的九路田目前在做什麼，以及將來的打算。

「我想打聽一下你的近況。」

九路田思考了我這句話一瞬間後，

「橋場他最近怎麼了嗎？或是妳對出路有什麼煩惱？」

突然這樣回答我。

「你怎麼答非所問啊。」

「沒啦，我猜妳會問我這種問題，肯定是為了當成妳或橋場的參考模板吧。」

他說中了。

不只是橋場的近況，還有我對出路的打算。以及想拿九路田的說明當成參考，全部被他看穿了。

「嘻嘻，抱歉啊。我這種口氣大概一輩子改不了。」

「沒關係，我剛才問的問題也太膚淺了。忘記我剛才說的話。」

九路田略為嘆了一口氣，

「最近啊……對了，我正在思考培養人才的新方法。」

可能是為了我著想，他開始聊起近況。

「以製作人的角度嗎？」

「對啊。你應該知道，創作者不是有錢拿就好，名氣與實力很難掌握平衡。」

我能明白。應該說連業內人士都會煩惱兩者的平衡，難以回答。很多公司或製作人在這一點都很隨便。

事實上，不少創作者就因為這樣而受傷，導致無法工作。

「最近有不少人找我商量，要在製作人員名單中明確露臉。我原以為這比集資容易，結果出乎意料地難搞。不過這讓我學到，原來許多人會在意製作人員是誰。」

連九路田這麼了解業界的人都會仔細學習新知，這一點讓我驚訝。

在我們這種年齡，難免會以年輕氣盛當藉口模糊焦點。但是九路田會仔細思考親手栽培的創作者未來，再採取行動。

他已經想得比我們更遠。

「嘻嘻，妳怎麼露出意外的表情啊。」

由於他說得沒錯，我一時之間詞窮。

「是啊，因為我早就料到你已經更上一層樓了。」

「我又不是機器人。做出決定的時候會非常苦惱，選錯了也會後悔啊。」

他這番話出乎意料地有人性呢，我心想。

「這倒是。」

「嗯，我現在尤其後悔，當初不該放手讓志野離開。」

一股電流彷彿流竄我的腦海。因為我想起橋場不久之前才提過這件事。

「意思是直接帶她進入製作動畫的現場比較好？」

「不，我不想一下子讓她置身於壓力過大的現場。我認為最好增加一項重要性較高的插圖工作，引導她找到自己的畫風之類。」

九路田喝了一口咖啡，然後緩慢地扠著手。

「我也告訴過橋場，志野是相當出類拔萃的創作者，卻因此很脆弱。所以如果一直待在過於忙碌的環境，總有一天會崩潰。而且會很難恢復原本的水準。」

老實說我很驚訝，他居然已經看得這麼透。

其實我也知道，志野亞貴是水準異於常人的創作者。但我卻沒有看出她因此十分脆弱。頂多只知道她和別人不一樣，必須多加留意才行。

「不過我想橋場會明白這些事。聽說他們目前一起從事輕小說相關的工作？」

「是啊，我是這麼聽說的。」

「那我就沒什麼好插嘴了。」

說到這裡，九路田便不再提及志野亞貴。結果我沒機會讓他說出心裡真正的想法。

志野亞貴弄壞了身體，目前和橋場一同前往福岡。我不久前才聽說這件事情，也不認為橋場該負責。畢竟他不是監護人，責怪他沒發現志野亞貴的異狀並不公平。

可是我認為，橋場對志野亞貴的情感已經超越了單純的工作夥伴。聽起來彷彿他們兩人已經是情侶，可是對他們兩人而言，目前似乎並非這種關係。

（不如說那兩人的情況更麻煩呢。）

不論橋場也好，志野亞貴也好，經常會強行體貼他人，隱藏自己的弱點。橋場可能還好一點，志野亞貴從剛入學到現在，始終隱瞞了某些事。

相互體諒的關係一旦出了事情，會造成更大的創傷。

由於兩人都是優秀的創作者，我希望能在事態失控前挽回。可是目前身邊沒有人知道引爆的開關是什麼。

比起朋友關係，九路田更看重志野亞貴的創作人身分。所以即使他的思考不留情面，感覺依然能冷靜判斷。

橋場能對她做到這一點嗎？

老實說，我覺得很困難。

我呼一聲嘆口氣，抬頭仰望。

有年份的天花板斑駁，看起來有點像難過的表情。

（沒有意義，我還是別深究這件事吧。）

我不希望讓重要的朋友難過。就算真的發生了什麼事，也希望損害能控制在最低。

所以我只能祈禱，橋場與志野亞貴別受到太重的傷害。

◆

駕車出遊在繞行絲島半島一周後便結束。由於仁先生打算去的牡蠣餐廳休息，所以改為找些難得的美食，前往賣福岡烏龍麵的店。

不熟悉的人可能沒聽過，其實在福岡吃烏龍麵的人比吃拉麵的人多。尤其福岡烏龍麵這道料理，不同人製作可能比拉麵更費工夫。

「一開始可能會感到驚訝，不過很好吃喔。」

既然廚師仁先生都這麼說，應該不會有錯。

店家距離波多江車站有幾分鐘的車程。在二〇二號國道旁，屋瓦房頂的日本風店面感覺有些年分。

我們穿過門簾，剛進入店內，

「捲烏龍麵，真棒呢～」

看來是志野亞貴熟悉的店家，才會讓她這麼興奮。

「妳喜歡這間店嗎？」

「嗯，這可是和『好吃喔』一樣美味的店，想帶到大阪去呢～」

聽說這間店的烏龍麵全都由總店製作，只在開車送得到範圍內開分店。

「軟綿綿的麵非常好吃喔～還有這裡的烏龍麵還有陷阱，恭也同學也要小心一點……」

「陷阱？」

這個詞在烏龍麵業界可不常聽見。

聽到我們對話的仁先生笑著說，

「因為福岡的烏龍麵很柔軟，會吸收很多湯汁。所以如果放著不吃，麵會看起來愈變愈多。」

「討厭，爸爸怎麼可以先講出來呢～」

志野亞貴不滿地嘟起臉抗議。原來是這麼回事啊。

（那可得快一點吃才行。）

我們四人坐在榻榻米座位上，順著店家的推薦點了牛蒡天婦羅烏龍麵。在福岡提到天婦羅烏龍麵，似乎都以牛蒡口味為主。

「讓您久等了～為您端上四碗牛蒡天婦羅。」

不久後端上桌的烏龍麵的確如仁先生所說，麵身軟綿綿吸滿了湯汁。

（和讚岐烏龍麵完全相反呢……）

實際上似乎與重視口感的讚岐烏龍麵派水火不容。

不知道嘗起來如何，我戰戰兢兢吃了一口，

「……真好吃！」

發現口感和味道相當難得。

湯汁以飛魚高湯為主，味道柔和，完整發揮海鮮的風味，十分適合口感軟綿綿的麵身。與其說麵的味道最明顯，更像麵與高湯化為一體。與以前嘗慣的烏龍麵完全不一樣。

「好好吃～別處可嘗不到這種美味呢。」

可以體會志野亞貴發自肺腑的感想。的確在其他地方嘗不到這種口味。

在我對首次品嘗的烏龍麵感動時，仁先生似乎偶然想起後開口。

「亞貴妳開始從事畫插圖的工作了吧？」

我頓時停下手。

心想怎麼會在這時候提到這件事。

「對呀，目前在畫小說內頁的插圖。」

聽得我一下子心跳加速。

志野亞貴並未向家人隱瞞自己的工作。不過她也如實告知過，自己弄壞了身體而回到老家。

站在父親的立場，自然會認為原因是她目前從事的工作。如果他要求降低工作量，甚至放棄這一行，我也能理解。

不知道仁先生會對她的工作提出什麼意見。趁我在場的時候提起這件事，究竟有什麼意義呢。

我緊張地等待仁先生的反應。

不過，

「是嗎，工作可能很辛苦，要小心身體喔。」

仁先生並未責備志野亞貴。

「嗯，」

這讓我頓時放鬆緊張的神經。老實說我還不知所措。

志野亞貴非常重視家人，無庸置疑。所以能得到她父親的理解真是太好了。

（為了讓她能繼續工作，需要仔細思考對策。）

在我如此心想，同時準備再度享用面前的烏龍麵時，

就在這一瞬間。

從我身旁發出第一次聽見的聲音。

「姊姊——」

嚇我一跳。

之前一直沉默不語的小優突然開口。

「怎麼了，小優？」

志野亞貴溫柔地反問。

小優動也不動，始終保持沉默。筷子也置於桌面，雙手放在腿上。一時之間彷彿

在思考般低著頭，

然後他筆直注視志野亞貴。

「姊姊不是……已經不再畫畫了嗎？」

「……咦？」

聽得我忍不住望向志野亞貴的臉。

她的臉上沒有平時的笑容。看得出她對小優露出帶有歉意，以及難過的表情。

我記得她這個表情。

而且我根本不可能忘記。那是難過的未來記憶。

（當時她說自己已經封筆，就是這樣的表情。）

到底是怎麼回事？志野亞貴何時說過這種話？

小優繼續追問保持沉默的志野亞貴。

「之前不是說過再也不畫了嗎……！」

他的語氣明顯強硬。彷彿在責備志野亞貴，打從心底質問為什麼。

「姊姊……！」

小優再度喊了一聲志野亞貴，試圖要求回答。

她的表情始終沒變，不久後，

「抱歉，小優。我還是覺得畫畫很快樂。」

「哪有這樣的……」

小優瞄了我一眼。至少他的眼神並非善意。

然後小優以責備的語氣接著開口。

「就是因為姊姊跑去唸藝大，才會……」

「小優，別說了。」

響起簡短而沉穩，不過強勢的聲音。

是仁先生。

「…………」

小優頓時語塞後，

「我要走路回家，先走一步了。」

撂下這句話便靜靜走出店家。剩下我們三人保持沉默，注視面前的烏龍麵。

在相當尷尬的氣氛中，

「來，再不趕快吃烏龍麵的話，會無限變多喔。」

試圖改變氣氛的志野亞貴開口。於是我和仁先生才終於享用剩下的烏龍麵。

（志野亞貴……究竟發生過什麼事呢。）

她的內心深處，以及過去究竟發生了什麼，我在意想不到的機緣下窺見了端倪。

第二章　我和雨

讓奈子聽我抱怨後，感覺心情輕鬆一些。

不過我撰寫架構的能力當然不會因此提升。好不容易集中精神重新寫好的架構，再度被責編打了回票。

（果然沒這麼順利嗎……）

幸運的是，我撰寫的輕小說第一集銷量相當優秀。能推出第二集當然是趁熱打鐵，似乎要搭配有些強勢的促銷活動。

偏偏在撰寫關鍵的第二集之前，我完全陷入了瓶頸。

「您的點子很好。營造場景的方式也沒什麼大問題。可是您卻無法銜接起來，整合成一篇恰到好處的故事。」

責編藤原先生終於按捺不住，親自打電話給我。但他始終不肯告訴我正確答案。我猜想如果我沒有確實學會寫架構的技巧，接下來肯定會很辛苦。

（其實我也知道啊，責編也以最好的方式回應我了。）

我當然知道責編的想法，以及我不足的部分。但我目前就是做不到，將來似乎也不樂觀。

我必須想辦法才行。如此心想的我，心中難免浮現他的容貌。

（恭也……如果是你的話，會怎麼做呢。）

可是我不能再靠他了。如果我一直靠他幫忙，最後會重蹈當初依賴他的覆轍。

所以我絕對不能求他幫忙。

「第一集的架構就寫得不錯啊……發生了什麼事嗎？」

責編這句話刺進我的胸口。我當然不敢說明原因。

我有取得責編的許可，讓信得過的朋友看過初稿後聽聽感想。但我沒有告訴責編，恭也參與得相當深入，甚至扮演動腦的角色。

「再想辦法撐一下吧。幸好您提早開工，還可以在架構上再花一點時間。」

「感謝您。」

「不過在架構耗這麼久的話，要長期連載可能會有難度。」

「……嗯。」

「如果不大幅改變思維或視角的話，下次可能又會上演相同的結果喔。」

我只能同意責編的話。向責編道謝並掛斷電話後，疲勞頓時湧上身體。

倒臥在床上後，我摀住臉。

「可惡……我以為自己有能力辦到。」

當初的應徵原稿是我憑自己的力量寫的。後來得獎，出道成為小說家。

不過我受到稱讚的並非作品的完成度。而是嶄新的點子與劇情，以及未經雕琢的魅力期待今後的發展。

責編當時就清楚指明了這幾點，我也反而更加起勁。認為只要改掉這些缺點就會收穫更多稱讚。自己也能寫出更有趣的作品。

結果在改寫成文庫本的階段就受挫。但我當時覺得問題不大，為了增加視角而拜託恭也。

恭也立刻採取行動。馬上就帶來我目前缺乏，而且急需的東西。由於可以交給他取捨，與責編溝通就很順暢，我也對這樣的結果很滿意。

結果現在卻搞成這樣。

因為恭也的建議「太準確了」。他幫我打通任督二脈，結果這部作品少了他就觸了礁。

這樣下去我會變成半調子作家。況且今後當然不能一直依賴恭也。

現在就是掐指計算自己未來的時機，也是考驗我能不能改頭換面的場合。

「我得想辦法才行……」

如果奈奈子說得沒錯，代表我現在受得苦還不夠。唯一的方法就是不斷煩惱並思考，想出下一步該怎麼走。

房間內響起的，只有自己的呻吟聲。

◆

駕車出遊回到志野亞貴家後，一如小優所說，他已經先行回家。但他一進入自己房間，便不再出現在我們面前。

「他還在意那件事嗎？」

志野亞貴有些擔心地注視緊閉的房門。

「真不好意思，橋場先生。小優對您失禮了。」

仁先生再度向我道歉。

「不會，不敢當。您別放在心上……」

我反而擔心小優是不是內心苦惱。

「他是很體貼的孩子，不過這個時期特別難相處。」

一臉苦笑的仁先生，望向小優可能在的房間。

身為父親，仁先生應該有自己的想法。說不定他也多少贊同小優對志野亞貴的意見。

（或許就是因為那段過去，才不敢支持志野亞貴。）

至少我很難涉及這一部分。

「距離晚飯還有一點時間，在房間裡休息一下吧。」

吩咐過後，仁先生便回到自己的房間。

「噢，好的。」

現場只留下我和志野亞貴。

瀰漫著一股無事可做的氣氛。

（傷腦筋，想採取行動卻缺乏契機。）

乾脆在彼此的房間消磨時間，直到吃晚餐吧。在我即將開口時，

「恭也同學。」

志野亞貴主動開口。

「有些事情想和你聊聊。」

「咦……？」

八九不離十，應該說肯定要繼續聊剛才的話題。

那肯定相當沉重。

「嗯，好啊。在哪裡聊呢？」

我同意後，她的回答是，

「那可以請你來一趟媽媽的房間嗎？」

——看來果然是重要話題。

◇

志野亞貴家的格局是四房，兩廳，一廚。

一樓是飯廳、廚房以及客廳。二樓則是一間房間分為小優與志野亞貴的房間。還有一間仁先生的房間。

換句話說，剩下的就是志野亞貴母親的房間。

（所以應該是那裡吧。）

我一開始弄錯，想要進入的一樓房間。由於上了鎖而進不去，但我早就猜想是不是該處。

「在這邊。」

果然沒猜錯。志野亞貴帶我來到的房間，正好位於一樓走廊的盡頭。略顯陳舊的鐵鑰匙插進孔穴後，伴隨喀嚓一聲沉重的聲音，房門的鎖開了。

「由於沒在使用，可能有點塵埃，抱歉喔。」

說完後，志野亞貴轉動門把。

「哇……」

這間房間呈現透天結構。雖然狹窄，但是上下層打通，沒有壓迫感。

在天花板撒落的陽光照耀下，的確如志野亞貴所說，看得到灰塵閃閃發光地飛舞。不過我驚呼的原因，是看到擺放在房間裡的東西。

左右高聳的書架上塞滿了畫集、照片及與如山的資料。裝飾在牆上的人偶，模型與繪畫呈現良好的平衡。窗戶的採光十分良好，還有一張擺滿了各式畫材的工作桌。

這是一間工作室。志野亞貴的母親以前似乎使用過，並且保存當年的狀態。如今依然有種臨場感，彷彿隨時有人進來作畫一樣。

我很自然發出讚嘆。顯然房間的主人喜歡某些事物，並且十分專注。畢竟這裡的氣氛與志野亞貴是一樣的。

（這裡是志野亞貴誕生之處。）

看到土地，居民，以及她的家，最後抵達這個地方後，我終於理解了這一點。這裡有形塑她的一切元素。

「媽媽以前一直在這裡工作。早上送我、爸爸和小優出門後，直到傍晚都在這裡度過。」

志野亞貴以溫柔的手撫摸母親使用過的工作桌，以及椅子。

我對她母親了解的不多。只聽志野亞貴說，她的母親以前以畫畫為生。

「關於要說的事情。」

她忽然開口，

「我必須向你道歉才行。」

看著我，然後深深低頭鞠躬。

「咦，咦……怎麼了嗎，志野亞貴。」

「我之前向你說過一個謊，抱歉。」

志野亞貴說謊……可是我完全不知道她是指哪件事。

「之前我們不是去海遊館嗎？」

「嗯，是啊。」

當時志野亞貴第一次主動提到家人。

她說她母親以前的工作是畫畫，家人有父親和弟弟。最重要的是她為何喜歡畫畫。

當時她說，父親和弟弟喜歡是她畫畫的原因，同時也因此進入藝大就讀。

可是，

『姊姊不是……已經不再畫畫了嗎？』

我想起小優剛才說的這句話。然後才發現關聯性。

「啊，難道……」

志野亞貴點點頭。

「嗯，沒錯。我之前說爸爸和弟弟感到高興……其實是謊言。」

原來如此，怪不得小優會有那樣的反應。

他不希望志野亞貴畫畫，反而希望她放棄。

從小優的模樣來看，志野亞貴也知道他的心情。而且以前告訴過小優，自己放棄了繪畫這條路。

「會選擇影傳系，也是因為影傳系不用畫畫。如果我念美術系，小優肯定會擔心我。」

果然是因為這樣。

影傳系不考素描。即使試聽外系課程要畫畫，但基本上只要不走動畫這一行，課堂上應該不會接觸繪畫。

可是志野亞貴卻在畫畫。而且並未受他人的指示，是她自己的選擇。

（原來與男朋友來家裡無關啊。）

我對小優的想像太過膚淺，感到很丟臉。

「我原以為只要改變專業領域，就能開心地從事繪畫以外的事情……結果有點不一樣。其他事情也很有趣，繪畫也非常有趣。兩者是無法取代的。」

志野亞貴呵呵笑。感覺她這時候的表情，包含我在未來見過的寂寞與成熟。

「媽媽為這個家付出很多，也非常喜歡工作。結果因此過勞而往生。」

她愛憐地撫摸工作桌。

「媽媽很喜歡畫畫。從很小的時候就開始畫，走上畫畫這一行的時候，媽媽似乎非常高興。與爸爸結婚之後依然繼續以畫畫為工作，結果因此罹患疾病。」

然後志野亞貴嘆了一口氣，仰望天花板。

強烈的陽光隔著窗戶，不斷灑落室內。甚至讓人覺得有點熱。

我突然覺得，在這間工作室度過的時光，可能與那幅「向日葵」的畫有關吧。

「我和爸爸都知道媽媽有多麼喜歡畫畫。所以心裡對於媽媽的病情多少都有底，可是……」

「妳的弟弟，小優不知道吧。」

志野亞貴點頭表示「嗯」。

「他好像一直認為靠爸爸的薪水就足以養活全家，為何媽媽要工作到病倒。雖然當時他還小，但他不明白為什麼媽媽即使生病了，依然堅持畫畫。」

我也不是不能明白他的心情。

如果是為了生活，為了家人，即使難過，但還可以理解。但如果不是的話，難免會覺得是不是工作比家人更重要。

更何況小優當時還小。

「那時候我還在念國中吧。我畫了張畫，結果發現弟弟從身後注視我。然後我回頭一瞧。」

志野亞貴靜靜閉起眼睛。

「他的表情看起來非常難過……我一直忘不了。」

「原來發生過這種事。」

「所以之前說爸爸和弟弟都很高興，是我說了謊。特地讓恭也同學你來福岡一趟，也是因為想說這件事。」

然後她露出我至今見過最寂寞的微笑，

「抱歉騙了你。」

「不會，沒關係。」

我無法回答她。即使和她相處的不長，但我認為自己理解她有多麼喜歡繪畫，以及愛自己的家人。

所以左右為難的她即使說話與事實不符，我也不打算責備她。況且她這句謊話也不足以受到外人的責備。

可是她非常難受，深藏在心中讓她十分難過。

在寂靜溫暖的工作室內，我們沉默了一段時間。這明明是個非常溫和的空間，我卻覺得內心愈來愈糾結。

「即使媽媽不在了，我依然經常來這裡。」

「畫畫的時候會來嗎？」

志野亞貴搖搖頭。

「這也是原因之一，只不過來這裡靜靜端詳，就會感到心情平靜。」

即使我不明白，但是對她而言，應該不只感到寂寞而已，還有更深層的情感。

「關於今後，」

然後志野亞貴開口。

「其實我一直在思考，該如何看待自己與繪畫的關係。」

「與繪畫的關係？」

「因為我以前過於投入畫畫這個領域了。小優也是原因之一，但我覺得也該試著為自己著想。」

我感到自己的心臟大大地撲通一聲。

原來志野亞貴早就在思考我之前搭飛機時煩惱的事情。

「可是在我心中還無法徹底做出決定。」

志野亞貴筆直注視我。

「恭也同學你一直關照我的工作，所以我想聽聽你的意見。你認為我接下來該怎麼做才好？」

我彷彿覺得刀尖抵住自己的喉嚨。

想不到志野亞貴會在這裡，單刀直入問我猶豫許久，依然找不到答案的問題。

而且我才剛聽過她的獨白，以及家人的意見。這些意見肯定會影響我的決定，導致我不敢跨出關鍵的一步。

（我不是要貫徹自我嗎。）

不久之前我才重新問自己這個問題，如今又再一次碰上。

可是這樣真的好嗎。面對志野亞貴這種難得的才能，在背後推動如今的她，究竟是不是正確的答案？

「我——」

我勉強才擠出聲音嘶啞的這句話。

「抱歉，再讓我想一想。」

不僅思考到了極限，好不容易說出口的這句話既無法解決問題，只是拖延罷了。

可是我實在無法當場想出今後該怎麼辦。

「嗯，我再找機會問你。」

她恢復往常的笑容。

如今她站在分歧點。她不僅坦承自己的過去，向我展現弱點，還問我接下來應該怎麼規劃人生。

這既是她的未來，也是我的未來。

我已經經歷過十年後的世界。彷彿有個遙遠的對象在質問我，難道要再度引發當初那場悲劇嗎。

「那麼差不多該回去了。爸爸應該也準備好晚餐了。」

「噢，也對。得幫忙伯父才行。」

離開房間的時候，我再度看了一眼志野亞貴母親的工作室。

這個空間明明如此溫暖又溫柔。卻讓我忍不住覺得一切都好悲傷，忍不住想落淚。

◆

「哇——!!是、是奈奈子學姊本尊耶～!!」

「呀!!咦，咦，怎麼回事啊，你沒事吧？冷靜一點～!!」

「別、別這樣！不是提醒過妳別過度興奮了嗎!!」

我們在距離大阪阿部野橋站很近的露天咖啡廳。一股劃破時髦氣氛的女聲尖叫響徹四周。

「對、對不起!!本人實在太高興了，有點感動至極，應該說顯然太過激動了!!本人會深刻反省!!」

迅速放開摟住奈奈子的手臂並敬禮後，竹那珂才終於恢復平時的音量。

「……還好今天顧客不多，不然會造成店家很大的困擾。如果要以製作為目標，妳可得小心一點。」

「是的。本人真是顏面無光，下次不會再犯了！」

別看她這樣，其實她相當聰明，應該真的不會重蹈覆轍吧。

今天是讓竹那珂與憧憬對象見面的日子，這是她之前提出的要求。

其實內容很簡單，就是希望我安排她與奈奈子見面。但她現在也是大忙人，所以才會趁橋場不在的日子，以這種奇特的人選安排彼此見面。

（橋場真會將這種事情推給我辦呢。）

早期的齋川也是這樣，難道他當我是保母之類嗎。

「不過她真是有趣呢～透過 NicoNico 的影片認識我另當別論。想不到成為粉絲的契機竟然是那部同人遊戲，這還是第一次呢。」

「哎呀～或許這麼說有點怪，不過本人的興趣相當冷門呢！」

畢竟一般而言，像她這樣的女孩不會去玩有色情場景的同人遊戲。

「不過多虧遊戲，我聽了好多奈奈子學姊的歌曲，覺得這是最棒的興趣！學姊可以多分享一些曲子的內容嗎？」

「啊，噢，好、好啊，如果我能回答的話……」

「太好了！那麼首先呢，關於作曲……！」

竹那珂還鄭重其事地從包包取出擬好了問題的筆記本，邊看邊向奈奈子發問。

「本人一直認為奈奈子學姊的曲子與一般的作曲方式不一樣，旋律的展開十分獨特～請問學姊有從以前就接觸的音樂嗎？」

「這個啊，我以前向奶奶學過民謠，所以……」

竹那珂不會問模糊不清的問題，這是她厲害的地方。她會明確地具體形容自己可能用得上的知識，然後詢問對方。

她之前問我問題時我也感受到。實際上即使我反問她，她的回答也像是事先沙盤推演過該怎麼回答，聽得我嘖嘖稱奇。

（她應該是橋場會青睞的人才。）

當然對橋場而言，她是有可能涉足自己領域的人才，或許反而會感受到壓力。因此我認為，最聰明的應該是安排她與橋場見面的人物。

（又是姊姊嗎……）

我一臉錯愕，她老是愛搞這種策略呢。即使是現在，她肯定依然在思考某些計策。因為她就是這樣的人。

一段時間過後，竹那珂的提問時間似乎結束。

「就這樣，非常感謝您，奈奈子學姊！」

「哇……妳調查得真詳細呢。以前妳也有玩過音樂吧？」

「嗯，可是發現自己沒機會達到頂尖，後來就放棄了！」

她能滿不在乎地這麼說，也是我覺得她的厲害之處。

「話說橋場有聯絡過嗎？他還在悠哉地在福岡旅行嗎？」

我一問，竹那珂便使勁搖了搖頭。

「完——全沒有！除了一開始稍微聯絡以外，後來完全沒消息。」

「是嗎，他還是和平常一樣呢。」

即使他不是合理主義的信徒，但他沒事不會聯絡。而且讓我惱火的是，他居然說

「妳也是這種類型的人吧」，害我沒事也不敢聯絡他。他這人實在是……

「恭也對這種事情一點都不熱衷呢。雖然他工作的時候很勤勉。」

「哇！拜託學姊務必告訴本人！大大在工作的時候果然會切換開關嗎？」

「對呀！像是之前一起創作音樂的時候啊……」

於是奈奈子與竹那珂再度聊起製作內幕。

由於我早就聽過這些，所以我隨意抬頭看看天空。今天天氣真好。

（如果去旅行的話，肯定很開心呢。）

他和志野亞貴這時候多半很享受吧。如果問我羨不羨慕，我當然羨慕的不得了。

可是這次旅行是在志野亞貴病倒後不久，我不認為他們能這麼悠哉地旅行。

不知道能不能獲得她家人的理解。另外如果志野亞貴隱瞞了什麼，或許這趟旅行是說出口的機會。

希望這對他們兩人而言是一趟好的旅行。

「本人還是覺得啊！」

竹那珂突然對我露出炯炯有神的視線。

「這麼多高人齊聚一堂，本人還是希望見識各位大大一起創作的作品呢！」

冷不防聽到這句話的奈奈子，露出困惑的表情。

「噢，嗯，將來可能有機會吧，大概。」

與剛才的態度不一樣，她吞吞吐吐地回答。

其實我很明白。經過那一次的創作現場後，沒辦法立刻說出「下次再合作」這種話。何況奈奈子目前正專注於自己的創作，如果這時候要參與集體創作，可能會失去個人創作的直覺。

「河瀨川學姊覺得如何呢……！」

充滿期待的眼神望向我。

可是我從一開始就準備好了這個問題的答案。

「目前還不是時候。」

竹那珂的表情頓時洩了氣。

我略微笑出聲音，

「時機成熟的話，橋場肯定會開口。」

沒錯，雖然大家現在都不說，但目前正是大家累積實力的時期。

橋場肯定已經考慮過將來。

所以我不會主動表示。如果他將來開口，我就這樣回答即可。

「有點出乎意料呢。」

竹那珂點頭示意。

「怎麼說？」

「沒有啦，我以為河瀨川學姊會堅持己見地宣稱『我要這麼做！』這樣就能和大大相輔相成呢。」

也對，以前我會這麼做，現在卻不一樣。

我覺得自己變了。

透過這兩年，我已經知道自身才能有上限，思考也有侷限。連自己的未來也是。

而且我現在認為，不需要非得親手開拓自己想見到的景色。因為肯定有個行動力超強的人會打頭陣，我覺得自己比較適合輔佐他。

「不過說到大家一起創作，或許有這種想法吧，奈奈子。」

「嗯，雖然還不知道要創作什麼。但是恭也想做的作品肯定很有趣，我應該會想試試看～」

奈奈子也同意這個論點。

「對呀，就是這樣！」

聽到我們的對話後，竹那珂用力點點頭。

「我好想再看到超豪華的白金團隊創作的作品！」

她又將我們捧上了天呢。雖然白金在語感上比鑽石好一點。

「白金團隊嗎……也對。」

若是志野亞貴與奈奈子，以及貫之，或許很適合這個頭銜。

至於我——還能算是創作者嗎。雖然我如果告訴橋場，多半會挨他的罵。可是我目前無法肯定回答這個問題。

（找個時間和他聊聊吧。）

剛才竹那珂說過，在音樂領域無法達到頂尖，所以放棄了。

這句話扎在我身上，而且比我想像得還要深。

創作者必須設法思考自己置身的環境。如果聽信『相信自己，創作吧』這種雞湯的蠱惑，可能至死都無法擺脫這句話的詛咒。

可是放棄的決定權無法假手他人，只能靠自己。幾乎所有創作者都是自己選擇放棄的。天底下沒有這麼好的事，沒有人會認定你缺乏才能，勸你另謀他就。

創作之神很殘酷。努力卻一無所獲在這個世界很常見。

比起長年孜孜矻矻堅持的人，一個突然蹦出來的天才更有可能整碗捧去。這個世界與靠經驗和時間累積的匠人世界可不一樣。

不，即使是匠人的世界，依然有人能在短短一年內，學會別人花五年才學得了的技術。一個人的才能是有天賦加乘的，很可悲，但無庸置疑。

我的強項就是某種程度上萬事包辦，無所不能。正因為各行各業都摸過一點，我一直以為自己適合當總監或導演。

但是我後來才明白，其實任何人只要有經驗，都能學會這種程度的「知識」。超人才知道如何讓點子相互擦出靈感，並且輕易克服創作時的低潮。只有這樣的超人能稱霸世界。

如今這一刻，我終於明白了這個道理。不，正因為終於明白，我才認為自己無法更上一層樓。

（或許還能當個人會比較幸福吧。）

看著在我面前開心嬉鬧的奈奈子與竹那珂，我一邊思索志野亞貴的事情，同時在心中苦笑。

◆

拜訪志野亞貴的老家，到了第三天早上。

念高中的今天小優似乎要上學，只有他迅速吃完早餐。

「……那我出門了。」

「嗯，路上小心。」

在仁先生的目送下，小優跳上腳踏車往東騎。他就讀的高中似乎離家約七公里。

「他一直騎腳踏車上下學嗎？」

「嗯，不論下雨或下雪都努力通勤喔。」

「哦……」

我則是從小學到高中，學校都在從家裡徒步可達的範圍。所以覺得光是長距離通勤就很厲害了。

（上了大學後，一下子成了夜貓子呢。）

當然大學生有早八點的課，還是得早起，照理說作息與高中生差不多。

「那我等一下也要出門囉。」

志野亞貴今天也和高中朋友約好要見面。

所以家裡只剩下我一個人，不過我也已經決定自己要做什麼了。

「讓你幫忙打掃家裡真的好嗎，橋場同學。」

心想我暫住在別人家裡，至少要稍微答謝一下。所以我決定幫忙仁先生原本今天要做的清掃工作。

「畢竟食宿完全受到妳們的照顧，我還覺得打掃不夠呢。」

實際上仁先生推辭了我想支付的食宿費。不做點事情我會歉疚得想撞牆。所以剛才大家一起享用早餐時提到打掃，我心想這是唯一的機會，才會立刻開口。

「抱歉喔，我和小優都沒辦法幫忙，才讓你負起打掃的責任。」

志野亞貴也一臉歉疚，但這畢竟是我主動提出的。

「那就承蒙您的好意，可以麻煩您從事一點力氣活嗎？」

我也爽快地回答「好」，同意仁先生的提議。

◆

志野亞貴十點左右出門，然後我們開始打掃。

志野家有一間很大的儲藏室，今天似乎要打掃這裡。仁先生和我戴上手套與口罩，開始這項浩大的工作。

「因為很方便，所以不知道放哪的東西通通都塞在這裡。當初妻子走的時候曾經整理過，後來就一直放到現在。」

意思是將近十年沒整理了嗎？

「知道了，我會做好心理準備，幫您的忙。」

「哈哈，那就靠您這份決心啦。那我要開門囉。」

說完，仁先生便緩緩拉開木製的門板。

「哇！」

一開門，頓時揚起儲藏室內的灰塵。之前工作室累積的灰塵也相當多，但這裡似乎更加誇張。

「真抱歉讓客人做這種事情……」

仁先生歉疚地抓抓頭。

根據志野亞貴的說法，仁先生真的無所不能。會運動又懂得念書，當然特別擅長下廚，在她母親過世後一肩扛起家務。不過唯一的弱點是不擅長打掃與整理，所以這方面大多由志野亞貴與小優負責。

「畢竟我們不懂得丟東西……妻子和亞貴很像，但我特別捨不得丟。」

從志野亞貴的房間看來，她似乎會打掃，但也不擅長收拾。若是進一步讓她整理，應該會很辛苦吧。

「所以說……啊，看來要花不少時間呢。」

等飛舞的塵埃平息後，我們再度看儲藏室的內部。

左右與後方設置了比我們兩人還高的架子，大量物品塞得滿滿的。

原本放在架子上的書籍等物品則在地上，交錯疊成小山。

換句話說，如果我們要整理這些架子，

「首先得先移開這堆書山，否則無法開始吧？」

聽到我這句話，仁先生顯然相當過意不去，

「就是這樣，真抱歉。」

向我低頭鞠躬。

「總之先開始吧。不動手永遠也做不完。」

總之我們先將所有書搬出儲藏室。訣竅是與其在房間裡辛苦奮戰，最好先將所有內容物搬到寬廣的地方再整理。

仁先生的房間離儲藏室較近。於是我拜託仁先生開門，依次將書本與其他平坦的物品放在他的房間。

「不好意思，搬的時候要小心腰喔。」

我根據未來的經驗提供建議後，

「也、也對。老實說，我的腰也快不行了。」

任何有一定年紀的男性都有腰椎問題。仁先生也不例外，似乎有了必須小心動作的毛病。

所以我不讓仁先生搬重物，完全靠自己搬。同時告訴他房間物品的分類方式，讓他可以幫忙。

整理工作進行得頗為順利，仁先生發出讚嘆。

「真是不得了。橋場先生從事過這方面的工作嗎？」

「是啊，整理專門書店的存貨……啊。」

我差點順勢說出十年後的事情。

「專門書店，是嗎？」

「呃，這個啊，是打工啦。都是粉絲向的書籍，數量很多，所以才學到如何整理。」

仁先生回答「原來如此」，接受了我的說詞，不過剛才真危險。

實際當過宅物店的店員，就要整理堆積如山的庫存品。自然會提升分類與整理的技巧。

剛才我們先將物品放在別的地方再整理，其實也是一種技巧。是我在夏冬兩季委託高峰期學會的。

（當時雖然很辛苦，不過現在倒覺得是不錯的經驗。）

人生中沒有任何徒勞無功的經歷，就是指這樣。

「那我將最後一疊小山整個搬過來囉。」

一疊厚紙張與油畫布疊在儲藏室最後面。我嘿喲一聲，一口氣搬起來。

（這是什麼，是志野亞貴和小優的作業之類嗎？）

我將這疊分量很大，卻不重的東西搬到仁先生的房間。

「來，這是最後一疊……啊。」

放下這疊物品的瞬間，蓋在上頭的厚紙一張張翻開，正面朝上掉落在地板。是繪畫。

由水彩繪製而成，澄澈的藍天與身穿白衣的少女形成美麗的對比。鮮豔色彩與寬闊的構圖給人留下印象。

雖然第一次看過這張畫，但我肯定見過這種畫風。

「這是……亞貴的畫嗎？」

仁先生笑著搖搖頭，否定我的回答。

「看起來果然很像嗎。不過不是喔。」

「咦，那請問是誰……啊。」

說到一半，我頓時發現自己問了個蠢問題。

「您想像得沒錯，這是妻子以前畫的畫。」

「是亞貴的母親畫的……原來如此。」

不論色彩運用或構圖方式，重點是人物表情，能帶給觀眾溫暖。獨特的畫風相當接近，簡直就像直接投影在紙上。

「畫這張圖正好是亞貴懂事的時候，妻子說她也想畫張畫。所以那孩子肯定留下了深刻的印象。」

「哦……」

聽仁先生這麼說，再審視這幅畫，發現這幅畫濃縮了志野亞貴整個人。

「機會難得，要看看其他的畫嗎？」

「嗯，那當然。」

我回答後，仁先生便從別的架子上搬來許多素描本與油畫布。

有油畫、壓克力板畫，鉛筆素描。有些畫在類似製圖紙的厚紙張，也有畫在扇子、日本紙或玻璃上的作品。

眾多圖畫以各種技巧繪製。每一件都是不平凡，重視獨特筆觸與空氣感的優秀作品。

「雖然她是在地畫家，不過也受到東京或大阪方面的矚目。還曾經繪製過廣告插圖與百貨公司的包裝紙等。」

志野亞貴的母親能繪製各種風格的畫，而且呈現高水準與魅力。以前還曾經要舉辦展覽會或推出畫集。

「我不太會形容，但是……我非常喜歡。畫風很柔和。」

很像我看到志野亞貴的繪畫時產生的印象。

真要說哪裡不同，就是相較於志野亞貴的作品，她母親的畫除了溫柔，還能同時感受到堅強。

「這些畫既柔和又美麗吧。可是妻子——由貴是真的消耗自己的生命在作畫。」

仁先生的語氣從平穩轉為平淡。

他的眼神與志野亞貴提到母親時非常相似。

「她原本身體就不好，自從開始工作之後就大病小病不斷。可是我也知道由貴對於繪畫的熱情，所以沒有堅決反對她畫畫。」

從我手中接過剛才那幅藍天的畫後，仁先生感慨良多地注視。

「可是創作要消耗相當大的身體與精神力量。知道這個事實的時候，由貴已經不在人世了。」

然後他將握在手中的畫捲成圓筒，以橡皮筋綁好。

「亞貴一直在旁邊注視母親。不可思議的是，失去母親應該會讓她感到難過，但連她都馬上開始畫畫。」

這句話喚起了我的記憶。

那天晚上，我第一次認識到志野亞貴是個畫家。只見她專心一志運筆，彷彿世界上沒有其他事物一樣，專注持續繪製面前的畫。聽到仁先生這句話，讓我想起那一天的志野亞貴。

「看到她的模樣，應該就知道將來會如何了。可是亞貴依然持續畫畫，結果就是，她現在即將從事繪畫工作。」
「是沒錯。」
身為要負起部分責任的人，這番話很沉重。
可是我又不能不聽。
「其實我也想為亞貴加油，但我也很明白小優的心情。希望她盡情作畫，卻又不希望她走上母親的老路。」
說到這裡，仁先生望向我。
「我聽亞貴說了。橋場先生，您目前在協助亞貴的工作嗎？」
「嗯，是的，我現在正在幫忙她。」
我回答後，仁先生迅速低下頭去。
「或許不該拜託您這件事，但是想麻煩您注意亞貴的身體情況。」
「呃，這個，請您別這樣，我不敢當。」
光是見到當父親的人向我低頭，就讓我歉疚不已。
可是仁先生並未抬起頭。
「她只要一畫畫就會忘記時間與身體情況。在大學肯定也是這樣。所以當她這樣時，能不能稍微提醒她一下？」
這個願望非常真誠，而且切實。

我當然知道，志野亞貴一專心就會渾然忘我。

在她病倒之前，她拋開一切專注作畫。甚至讓我覺得，真虧她的身體撐得住。

真要說的話，我很想像回答志野亞貴一樣，回答仁先生我還在考慮。我不認為現在能得到結論。

可是考慮到仁先生與小優的心情，

「……嗯，我知道了。」

我只能這樣回答。

「不好意思拜託您這種事。」

抬起頭的仁先生，表情果然非常寂寞。

◆

只有我和堀井兩人知道這間在長堀橋的麥芽威士忌酒吧。幾乎可以確定這裡沒有朋友，所以這裡成了我們的前線基地。

「乾杯。」

玻璃杯有氣無力地發出小小的聲響相碰。

「堀井你怎麼了，這麼無精打采啊。」

見到有些疲憊的老同學，我開口詢問，

「沒有啊。話說加納妳呢，好像除了我以外沒有見過其他人，怎麼啦。厭倦人際關係了嗎？」

結果他正好回答到我的痛處。

自從我在學校工作後，反而就沒和念書時的朋友們見面了。念書的時候覺得大學是一個輕鬆的地方。不過實際進入這個組織後，經常得徹底成為組織的一份子才行。

在這種立場下與以前的朋友們見面，會很難維持內心的平衡。很多老朋友相當自由，從事自由業的人也不少。有人甚至對我露出明顯的反抗心態。

「我明明又不是組織的代表人物。」

我晃動酒裡兌了較多水的玻璃杯，嘆了一口氣。

「有什麼辦法。我們這一屆只有妳在某種意義上算是成功了。看在走創作家這一行卻無法昇華的人眼中，肯定十分刺眼吧。」

「哈哈，我在學校可是徹底受到了孤立呢。」

我聳聳肩自嘲後，面前的老朋友同樣聳了聳肩。

「堂堂大學助教授怎麼說這種話呢。噢，現在改成準教授了。」

「反正這職位又不是教授的助理。算了，這些規定都無關緊要。」

不過在這裡工作還算好的。在別的大學任職的朋友說，其他學校的情況更噁心。甚至有人捲入人事鬥爭中，不過只要兩人以上的集團就會發生這種事，大學自然也不能免俗。

我向在民間企業工作的堀井吐這種苦水，

「妳說得沒錯。我們的確開始出現了人事鬥爭。」

「社長那件事果然有可能呢。」

「是啊，妳看看這個。」

我迅速默默閱讀他交給我的幾份報告。

還沒看到第二份，我的心裡就爆出一股怒火與錯愕。

「他又想害死誰嗎？明擺著對研發部造成這麼大的負擔，肯定會有人當代罪羔羊。」

堀井也用力點了點頭。

「常董派看到其他部門的成功，多半相當不甘心吧。可是憑目前遊戲部門的收益，無法籌措預算新增產線。所以──」

「不僅要壓縮既有產線的製作週期，還要增加研發數量，是嗎。」

難道他想狡辯已經忘記十年前發生的事了嗎？

「這可不能讓阿康看到呢。」

堀井難得愁眉苦臉地捧著頭。

「是啊，不然這次真的要見血了。」

當時阿康露出冰冷的眼神。但畢竟是父親的事情，他多半不知道。

可是我和堀井肯定不會忘記。

「總而言之。」

堀井先生深深嘆了一口氣。

「以目前的情況，要劃分研發部的產線是不現實的。可是又沒辦法招新職員或挖角，所以只能送『少年兵』上前線了。」

「難道……」

「嗯，我希望讓阿康擔任更重要的職務。」

聽得我仰天長嘆。

這實在太扯了。又不是早期的遊戲業界，或是美少女遊戲的黎明期。一間正常的公司怎麼可以推工讀生上第一線。

他們肯定會很高興受到拔擢，並且努力工作。可是不論結果是好是壞，公司都不會保障他們這些創作者的尊嚴。甚至不在乎他們身體、精神層面的健康。

可以肯定，公司不會管他們的死活。

「可是我知道，這樣下去對阿康肯定不好。因此我希望橋場能以輔助的身分加入。」

「所以才找我商量吧。」

堀井點頭同意後，歉疚地嘆了一口氣。

「你會向他說明吧。」

「當然，所以我才先向妳報告。可是我認為這對橋場也是個機會，畢竟包括正式錄取。」

然後堀井一口氣喝光杯中物。

「阿康很孤獨。從那時候他就和我們保持距離。可是他目前信任橋場，也和橋場互相尊重。我希望橋場能成為他的剎車，阻止他失去控制。」

這次輪到我嘆氣了。

「橋場目前正在煩惱同學的將來呢。」

「我有聽說過一些。他在煩惱是否要適可而止，還是送朋友下地獄，對吧？」

「嗯，可是我認為……他已經有了答案。不，考慮到之前發生的事，我認為他從一開始就沒得選擇。」

沒錯，現在的橋場即使有點猶豫，結論應該只有一個。

可是這個結論，肯定與阿康背道而馳……

「……是嗎，意思是有可能讓阿康感到絕望嗎？」

我默默點頭，同意阿康的話，然後靜靜舉起酒杯。

在酒杯中閃閃發光的酒，其實價格不菲。可是要問好不好喝，念書時和大家一起胡鬧，一起喝的酒反而好喝好幾倍。

大家拍著肩膀胡說八道，趁著酒意在外頭亂逛。有人說的話或行徑一戳到笑點，大家就狂笑到差點岔氣，然後直接倒下呼呼大睡。當時喝的便宜燒酒實在太好喝了。

如今嘴巴在重重障礙下愈來愈沉重，身體也逐漸不靈活。為了驅動嘴和身體，我拿酒當汽油灌。這種酒喝起來既苦澀，還在胃裡燒融自己的內心。但要是有人勸我別喝，我會回答不喝酒就提不起動力工作。

隨著年齡增長，我們愈來愈不懂得享受酒。

「我們都變成糟糕透頂的大人了呢。」

「嗯，所以才希望盡量避免他們重蹈我們的覆轍啊。」

堀井這句話比任何酒精都沁入心脾。

創作這一行究竟是什麼呢，橋場。

◆

儲藏室整理到傍晚才結束。

之後過不到一小時，志野亞貴與小優就回來了。於是我們再度四人享用晚餐。

「昨天沒機會享用，今天就吃牡蠣大餐吧。」

仁先生宣布後，志野亞貴也很開心。

由於呆坐著也閒得發慌，所以我在廚房幫忙準備，同時視線瞥向志野亞貴與小優。

志野亞貴似乎沒什麼異狀。她似乎看著在地的節目，不時開心地歡笑。

不過一起看電視的小優卻沒有絲毫笑容。或許他平時就是那樣，可是他昨天那番話還縈繞在我心中。

（他是不是有什麼心事呢。）

我有點擔心他會對我說什麼。不過到了晚餐時分，他和昨天一樣沒開口，平靜無波地享用餐點。

但我們幾人的內心肯定都不平靜。

（我們三人都各有心思呢。）

大家明明都重視彼此，可是想法卻不一樣。

其中只有我無能為力，亂了分寸。

既下不了決心，也無法集中在關心的對象身上。

（接下來究竟該怎麼辦才好。）

明明晚餐和昨天一樣美味，可是我發現吃完後，卻幾乎不記得晚餐的滋味。應該是腦海裡塞了太多事情，甚至無暇享受餐點。

明天中午前要去搭新幹線。我原本想趁回程與志野亞貴繼續聊之前那件事。可是我始終無法下定論。即使我泡在浴缸裡左思右想，依然得不到任何答案。

（沒辦法，睡覺吧。）

放棄與小優對話的可能性，我離開浴室，回到日式房間。在拉開紙門後，

「咦……？」

我發現一張寫了時間與地點的便條放在棉被上。

◇

距離志野亞貴家不遠，有一座小小的在地神社，名叫產宮神社。

在來的路上我有見到，和志野亞貴聊起。她說這裡會舉辦在地的夏日慶典或相撲比賽，當地居民都很熟悉。

我依照指定的時間前往該處後，發現一如預料，小優站在該處。

一見到我，他便略為驚訝，彷彿在想『真的來了啊』。

但之後他並未向我打招呼，依然僅露出緊張的眼神注視我。

「所以你找我……有什麼事嗎？」

一直沉默也於事無補，所以我先開口。其實我早就猜到他會說什麼，果不其然，是志野亞貴的事。

「你真的負責管理姊姊目前從事的繪畫工作嗎？」

嚴格來說不是，不過大致上而言沒錯。

「嗯，是啊。像是行程表，工作內容之類……」

在我正準備詳細解釋時，他突然插嘴。

「請你別做了。」

「咦？」

「我希望你別再負責了。姊姊……她不能以繪畫為生。不該走這一行。」

小優語氣強烈，緊緊瞪著我。

「你知道我媽媽怎麼過世的嗎？媽媽就是畫畫弄壞身體，最後才死掉的。難道你想害姊姊也這樣嗎？」

他突然情緒激動，滔滔不絕地說。即使我事先已經聽說，但他突然對我如此措辭強烈，連我都跟著慌張不已。

「等一下，冷靜一點，小優。」

「這要我怎麼冷靜啊！」

他的聲音響徹寂靜的神社境內。

我也不由得閉口不語。附近一瞬間籠罩在沉默中。

我們驚訝地注視彼此。小優大概原本也不想大吼大叫，對自己說的話感到困惑。

「……抱歉我這麼大聲，可是，」

小優緊握拳頭，竭力繼續開口。

「當初聽說姊姊去唸藝大，我確認過好幾次。確認姊姊不是去畫畫，而是走影視傳媒行業。可是姊姊每次回來，聊的話題都和繪畫有關。我覺得姊姊和媽媽一樣，才會……」

畢竟他還年輕，開口難免流於情緒，更何況與家人的生死有關。他肯定不顧一切，以自己的方式行動，結果才會這樣。

「我可以說說我的意見嗎？」

小優小聲回答了一聲「好」。

「我目前在協助亞貴小姐畫畫，這一點是真的。如果你要為了這件事責怪我，那我無話可說。」

他默默點頭。

「可是畫畫是她自己的選擇。如果你想透過我阻止亞貴小姐，這就沒辦法了。」

雖然這招有點賊，但我決定先發制人。

因為我原本以為他要拜託我這件事。

可是他卻搖了搖頭。

「我知道，而且我也明白姊姊不會因為這樣就放棄畫畫。這一點我很清楚。如果這樣就能讓姊姊聽我說，我早就……」

難以啟齒的小優低著頭，深深吁了一口氣。

然後他再度看向我，

「可是你受到姊姊的信賴，姊姊也經常提到你。所以關於畫畫這件事，姊姊應該更願意聽你的話。」

這番話他竭盡全力，而且單刀直入。

「拜託你。我不會要求你勸姊姊放棄，請你關心姊姊的身體。光是能以你的立場向姊姊開口，情況應該就會改觀。所以……」

說出「拜託你」這句話的同時，小優深深低頭致意。

「別這樣，我明明什麼也沒做。」

嘴上說著這句話，我同時覺得自己卑鄙到極點。

豈止什麼也沒做，我不僅誇獎她的畫，還安排與工作有關的事宜。更向九路田介紹她，讓她走上插畫家這條路。這些都是「什麼都沒做」的我做的，而我居然毫不害臊地撒謊。

小優純粹關心姊姊，為家人著想的言行舉止，震撼了我的汙穢內心。他和我這種人簡直有天壤之別，甚至讓我想落荒而逃。

我當然沒臉一口回絕他的懇切願望。

「我知道了。我會好好提醒亞貴小姐，拜託你抬起頭吧。」

「真的嗎……？」

抬起頭的小優，眼睛看起來噙著一點淚水。

卑鄙的我只能「嗯」一聲回答他，然或轉過身去。老實說，我甚至不敢筆直注視他的表情。

小小的神社境內有一小片森林，在住宅區內顯得十分特別。從茂密的樹椏間隱約可見星空與月亮。我不知道小優為何選擇這裡，但他和志野亞貴肯定都在境內度過一段時光吧。

姊弟感情這麼好，卻因為和我扯上關係，導致面臨如此難過的局面。即使不是我直接造成，但我肯定擺脫不掉罪孽。

皎潔的月光與小優的道謝，迴盪在我極度空虛的內心中。

◆

「要是能多休息一陣子就好了。」

「沒關係，畢竟有工作，還要上課。下次放假再回來吧。」

隔天早上，我們略為提早離開志野亞貴的老家。

表面上的原因是要買伴手禮，以及抵達大阪後還有許多事情要做。

真正的原因是我在志野亞貴的家開始有點坐立難安。不用說，當然是因為與仁先生的對話，以及答應過小優的承諾。

「不好意思，這次完全受到您的照顧。下次我會送您一些奈良的美食。」

出於最基本的禮貌，我從大阪帶了一些伴手禮。不過受到志野亞貴家人的熱情款待，讓我帶來的禮物相形見絀。

「不會不會。另外橋場先生……」

仁先生溫和的表情與我剛來的時候一樣，

「亞貴就拜託您了。」

說完後，再度向我鞠躬致意。

一旁的小優也同樣向我低頭。

「……好的，我知道了。」

見到同樣低頭回禮的我，志野亞貴呵呵笑，

「聽你們兩人的對話，好像要送我去哪裡呢～」

說著臉上露出開朗的笑容。

由於距離車站不遠，回程我們決定用走的。志野亞貴邊走邊向我說明，這是念小學的時候走的路，這裡是經常和朋友玩耍的空地。同時我們兩人步行前往波多江站。

在即將抵達車站的時候，志野亞貴突然開口。

「恭也同學，你昨天和小優說了些什麼？」

這句話讓我差點語塞。

「噢，她說姊姊就拜託我了。」

細節我實在不敢開口，只好在不說謊的範圍內告訴她。

「……是嗎。」

志野亞貴僅回答我這句話。

我們穿越通往月臺的天橋，等待開往福岡機場的電車。

由於我們配合時刻表出門，所以到車站沒多久電車就來了。從本站一班車直達機場。

車內旅客也三三兩兩。我們看準剛過通勤時間後不久，可以悠哉地坐在座位上。

我們坐在一起，然後吁了一口氣。

電車緩緩開動。過了一站，兩站，等到過了叫做今宿的車站後，志野亞貴開口。

「恭也同學，謝謝你陪我回來。」

我回答『小事情不足掛齒』同時表示，

「妳有很優秀的家人呢。」

「嗯……我非常喜歡他們三人。」

聽到『三人』這兩個字，我的腦海深處滋滋作響。

那間充滿燦爛陽光，感覺像遙遠世界的工作室，鮮明地在我腦海裡浮現。

「其實我想過，為什麼自己這麼喜歡畫畫，以及畫畫時可以如此集中精神。」

志野亞貴開始喃喃自語。

「我以前一直看媽媽畫畫，才會希望自己也像媽媽一樣。」

她的右手一開一闔。不知道她想看自己的手，還是想回憶母親的手。

「所以每當我畫畫時，都覺得自己可以完全變成媽媽。即使媽媽已經不在人世，但是畫畫時就彷彿和媽媽在一起。」

從志野亞貴的口中發出呵呵一聲，既不算笑聲也不算呼吸聲。

「所以雖然對不起小優和爸爸，但我還是沒辦法放棄畫畫。或許你會覺得我很任性，但這就是我。」

之前不知不覺中，我以怪物比喻志野亞貴。

她非常厲害。創作與眾不同的作品，走上與他人不同的道路。

但是像她這麼厲害的人，背地裡有脆弱的一面。九路田指出了這一點，而我也隱約察覺到。

來到福岡後，我終於發現她脆弱的一面。

她並非單純喜歡繪畫。而是試圖透過自己畫畫，填補缺少的家人拼圖。
可是她的模樣看在最親的家人眼中，卻感到憂心忡忡。
這實在是很難過的事。
「志野亞貴。」
我小聲開口。
其實我原本不不打算喊她。
「就依照妳之前的意見，稍微暫緩一下工作吧。」
「恭也同學……」
志野亞貴露出有些驚訝的表情住事我。
「嗯，像是耗費在工序上的時間，以及份量。劃分出不過度操勞的範圍，將目前從事的部分當成工作吧。這麼一來……」
這麼一來，
「妳就可以公開告訴家人，妳在從事繪畫方面的工作了。這樣如何。」
「…………」
志野亞貴一直保持沉默。
「因為這和妳之前的做法不一樣，或許妳會感到不適應。不過這次應該可以當成不錯的機會，所以試著一點點改變吧。」

我將自己的意見告訴她。

如果讓她繼續當個畫畫的怪物，實在太悲劇了。

我想起小優的懇求。

『我不會要求你勸姊姊放棄，請你關心姊姊的身體。』

沒錯，他沒有要求我阻止志野亞貴畫畫。只要能取得平衡，讓志野亞貴從容地工作即可。

我身為製作人，負責關照她，這是理所當然的。而我居然錯失了理所當然的事情。

我之前就思考過，這趟福岡之旅到底是為何而來。如今我覺得自己總算發現了。

我是肩負責任而來的。為了珍惜志野亞貴這個人，透過這趟旅程，肩負改變志野亞貴的責任而來。

她會向我展現母親的工作是，肯定也是信號之一。如今我認為，不論是家人，或是坦承她之前撒了謊，可能都是在向我求救的訊號。

然後她開口表示。

「是嗎……謝謝你。」

志野亞貴對我露出的笑容，

「畢竟這是你告訴我的。我會試試看。」

還是一如往常地柔和。

「好，那麼回去之後，先準確計算剩餘的工作量。然後擬定行程，安排工作時間……」

創作要產生與他人不同的事物，過程中勢必會勉強自己。如果無法熬過這一關，就無法感動他人。

現在我依然抱持這種想法。可是持續勉強自己，人是會疲憊的。

事到如今，我覺得我明白了茉平先生之前說的話。等弄壞身體就來不及了，所以事先考慮就是我的工作。

在抵達機場的過程中，我們聊了好多。幾乎都是我主動開口。

即使沒辦法立刻做到，不過為了營造志野亞貴最舒適的工作環境，我要發揮自己的一切力量。

電車抵達了福岡機場。提著行李走下電車後，我偶然回頭望向來時搭乘的電車。

——這樣就可以了吧，仁先生，小優。

第三章　接觸後，改變

「歡迎回來！乾杯！」

回到共享住宅後沒多久，便舉辦神祕的歡迎回來聚會。

到家之前我打電話給貫之。他說今天奈奈子也在家，乾脆小小舉辦一場歡迎回來的聚會。

「……會不會太豪華啦？」

雖然是買現成的，不過桌上的菜餚相當豪華。

「沒有啦，我剛才和奈奈子討論過。她說我們最近都在工作，這點菜根本不算什麼。」

「對啊！本來要去車站前物色，結果買得比原本的預算更大手筆呢～」

不久之前不是才剛慶祝貫之的輕小說發行嗎。我心裡這麼想，但並未說出口。

（兩人原來在其他時間一直加油啊。）

無論如何，個人的創作活動都會十分孤獨。走這一行的人可能已經習慣，不過貫之與奈奈子目前好不容易才抵達入口。

吃一頓大餐其實可以順便紓解壓力。

「所以呢，妳們在那邊如何了啊？」

奈奈子問志野亞貴，

「嗯，和恭也同學一起逛了逛老家附近喔～」

「她的爸爸和弟弟也有跟著！對不對！」

我急忙補充了一句。總覺得奈奈子聽到「一起～」這兩個字的時候，一瞬間半瞇著眼睛看我。

（畢竟這趟旅程本來就很像拜見岳父了……）

雖然實際上才沒有這麼開心的事件，但我現在當然不敢說。

「那麼我們不在的期間，有發生什麼不尋常的事嗎？」

我反過來詢問後，

「有喔!!欸，那個叫竹那珂的女孩也太厲害了吧？」

奈奈子宛如要拍桌般，猛然湊過身子。

「啊，原來妳和河瀨川一起與她見面了啊。」

原本預定要由我介紹，結果約好的日子正好撞上福岡之旅，我才拜託河瀨川。

「沒錯！一開始覺得她真開朗，結果一聊才發現她的知識真淵博，什麼都知道，嚇了我一跳呢。」

「嗯，她就是這樣的女孩。所以我希望各位也能與她見見面。」

一如我受到她的刺激，我早就認為大家肯定也會有相同的想法。她既有知識，也有熱情，還具備創作的經驗。她觀看我們的視角已經超越普通的粉絲。毫無疑問，這會成為我們成長的養分。

聽到奈奈子的感想，貫之與志野亞貴似乎都對竹那珂小姐產生興趣。

「原來有這樣的新生啊，真不得了。」

「對呀，我也很期待與她見面～」

……他們肯定會和我與河瀨川當時一樣開心的不得了。下次一定要近距離看他們的反應。

「話說志野亞貴，妳的身體如何了。之後沒有再昏倒吧……？」

貫之擔心地詢問。

志野亞貴露出笑容回答。

「嗯，已經不要緊了。還和恭也同學討論過今後該怎麼辦。」

「是嗎，那就好。有恭也在關照就能放心了。」

貫之也點頭，笑了笑。

（還得設法讓大家放心呢。）

理所當然，目前志野亞貴的工作計劃還在畫餅階段。要等到成真的那一天，才能說「那就好」。

「對了，有人要我轉告恭也你。」

「轉告我？是誰啊？」

我原以為是河瀨川或竹那珂小姐。但我和她們都是在現場透過郵件交流，從內容我想不到有什麼需要轉告。

「是齋川啊。我本來今天也邀請她，但她似乎排滿了工作。不過她有話想和你說，之後你打個電話給她吧。」

「噢，原來是這樣。明白。」

齋川嗎？她有什麼事呢？

她目前參與九路田正在進行的企劃，不用說，肯定每天都忙得不得了。她還因此搬出原本很想繼續住的共享住宅。

（該不會從目前的製作過程中發現了什麼吧？）

那麼我一定要問問她。憑齋川的能力，肯定在新環境學會了不少東西。

「好，那麼話就說到這裡，大家開動吧。不然難得溫熱的菜要冷掉了。」

「也對，我開動囉～」

貫之在恰到好處的時機提醒，我們也藉此機會開始享用。

「話說貫之你呢？續集的工作有進展嗎？」

我一問，貫之手中的筷子一瞬間停下來。

「嗯，噢，有啊。之後可能還會問你，拜託啦。」

「是嗎，了解。」

這時我原本以為他只是單純告知情況。過一段時間後，我才知道貫之一直在思考什麼。

◇

歡迎回來的聚會結束，收拾乾淨後，我們回到各自的房間。

「好啦，至少得先回信才行。」

旅途中我只有稍作確認。至於可能要花不少時間的內容，我僅回覆對方說日後再回信。

現在我要集中回覆這些郵件。

「首先是志野亞貴的責編寄來的嗎？」

必須給予實際的答覆，包括志野亞貴的身體如何，以及能不能立刻工作。幸好志野亞貴可以馬上繼續畫插畫，這一點沒問題。

包括福岡之旅，我向責編報告可以提及的部分。畢竟也不方便過度干涉，所以我簡潔回答責編問到的範圍，然後寄出。

見到郵件已寄出的畫面後，我吁了一口氣。

「今後該怎麼辦呢。」

關於志野亞貴今後的問題，一如從福岡回來的路上討論的內容。

包括今後怎麼工作，一切都要重新整理後再考慮。

原本的做法對她而言太拚了。要逐漸轉換成井然有序的行程。

用說的很簡單。問題是該怎麼協調她與她的創作，可能是今後的一大議題。

「啊，對了，轉告。」

思考志野亞貴的事情，讓我想起剛才貫之告訴我的話。

話說我之前也告訴齋川關於志野亞貴的健康。提到她過勞昏倒的時候，電話另一端的齋川擔心到哭了出來。

（應該立刻打電話給她。）

最好也告訴她志野亞貴後來的情況。

如此心想的我一撥電話，齋川便幾乎立刻接聽。

「喂!!啊，是橋場學長吧!歡迎回來!!請、請問亞貴學姊沒事嗎?」

她連珠炮似地開口讓我不禁苦笑，然後立刻提到志野亞貴。

「放心吧，她已經沒事了。剛才還很有精神地吃飯。」

我回答她後，電話另一端便放心地傳出「太好了～～!」的回答。

「我一直很擔心學姊的情況。可是最近太忙了，沒辦法去九州。不過真的太好了，太好了……」

她真的很擔心志野亞貴呢。這讓我深刻體會到，齋川一點也沒變。

「我聽說妳有事情要轉告我，找我有什麼事情嗎？」

一改變話題，她便激動得連我都差點嚇得跳起來，

「對喔！有個東西想讓橋場學長看看!!我現在馬上寄信給您，可以不要掛電話嗎？」

在我回答前，郵件已經寄來了。

「裡面有個下載網址，意思是下載後打開嗎？」

「是的！等學長開啟後再告訴您。」

我依照她的指示下載檔案，用修圖軟體打開。是圖片檔案，總共有五張。容量相當大，開啟圖片花了一短時間。

見到開啟完畢的檔案後，

「咦……」

我不由得啞口無言。

這些檔案全都是插畫。有背景，有人物，也有尚未上色的，包含性質各異的插畫。

問題在於這些圖的品質。

很明顯不是二〇〇八年現階段的技術，而是幾年後的未來繪畫。

插圖的基本技術領域包括草稿、配色、添加陰影的方式之類。在這些技術上，還會添加象徵不同時代，吸引目光的技巧。

比方說眼睛。一開始傾向畫出擬真的瞳孔，不久後改為上色。後來演變成透過特效，鑲嵌色彩繽紛的星星。

在我的記憶中，這個時代應該還沒有插圖會在瞳眸加入特效。但她的插圖不只吸收了這種畫法，還在高光技巧等方面展現獨特的進化。

構圖優秀，整體平衡自然不在話下。插圖的水準提升到這種層次，甚至讓人覺得能討論的只剩作者的個人風格而已。

「我一邊聽九路田學長的指示，同時討論接下來該怎麼畫。於是我試著畫出了這樣的作品。然後九路田學長說，可以讓橋場學長看看，所以我就寄給您。您覺得怎樣呢……？」

還用問嗎，這些圖……

（在這個時間點，技術層面上已經超越了志野亞貴。）

毫無疑問，考慮到二〇〇八年的水準，志野亞貴畫的畫也很棒。可是這終究是外行人與專業人士的區別。如果要看專業級的強者，當然有許多人的畫技比志野亞貴強。

可是憑齋川目前這些插圖，有機會一口氣登上頂尖層級。

（難怪九路田會叫齋川讓我看。）

他肯定相當有自信。這是他向我下的戰書。

「畫得非常好，我認為只有妳才畫得出這樣的插圖。真讓我驚訝。」

我坦率地表達感想後，

「真的嗎!!感謝學長，既然學長這麼說，我就完全放心了！九路田學長也稱讚過我，可是他人就是那樣，只肯說『不錯啊』。」

他對成長階段的創作者說「不錯啊」，其實就是非常厲害的意思。

（這說不定是很可怕的事。）

當初為了刺激志野亞貴，我居中牽線齋川，讓她影響志野亞貴。但這當然並非單方面，齋川同樣也受到志野亞貴的影響而成長。

結果我驕傲自滿，總以為齋川會一直落後志野亞貴。我只能說自己太小看齋川的成長幅度了。

「對了，亞貴學姊目前正好在畫輕小說的插圖吧?第一集的彩頁插圖非常棒，我好期待下一集！」

話堵在我的喉嚨深處，說不出口。

見到這些插圖後，如今我該怎麼回答呢。

可是我已經決定方針了。還是今天剛決定的。

「我說齋川。」

「嗯。」

「志野亞貴她有身體方面的問題，我正在考慮降低她工作的頻率。避免她……再度過勞昏倒。」

電話的另一頭。

僅聽到輕微的屏氣聲。

雖然我不知道這代表什麼意思。

「呃～橋場學長。」

過了一會，齋川主動開口。

「下次我想主動聯絡亞貴學姊，可以嗎？」

我當然沒有權利拒絕。

「嗯，連絡她吧，她肯定也會很高興。」

我同意後，齋川很有精神地回答「好～！」便掛掉電話。

通話結束後，我盯著手機瞧，同時深深嘆了一口氣。

「齋川變得好厲害啊。」

不知道是九路田指導有方，還是齋川的實力。但是毫無疑問，她正逐漸成為後來居上的創作者。

何況她本來就有資質。十年後的未來，在志野亞貴放棄繪畫的世界中，她可是頂級的插畫家。

而且與當時我見到她的作品相比，如今齋川美乃梨的畫又即將往不同領域發展。實在太可怕了，她的才能值得以這句話稱讚。

「刺激志野亞貴……這種話可不能隨便說出口。」

現在的志野亞貴見到齋川的話，心裡會怎麼想呢。

剛才齋川寄給我的插圖，我該轉寄給志野亞貴嗎。

「志野亞貴肯定也會很高興——」

可是在我按下轉寄的按鍵前一刻，我卻猶豫了。

如果在之前志野亞貴還有衝勁時，我就不會猶豫。可是如今，我才剛認為她目前有些裹足不前。

目前先暫緩吧。這是齋川難得努力的結果，卻有可能傷害志野亞貴。

我關閉郵件後，再度接著聯絡其他人。

（下次找機會讓志野亞貴看看吧。）

只不過目前我還不知道何時有機會。

◇

隔天，我再度恢復得勝者軟體的打工。

比上班時間提早一點抵達後，我直接去找茉平先生。

「不好意思，之前突然提出休假的要求。」

我向茉平先生低頭致歉，他便微微一笑，

「歡迎回來，不用放在心上。畢竟那件事比工作更重要。」

這樣回答我。

（真的很感激。）

我由衷希望如果將來我成為上司，一定要這樣照顧下屬。

「那一位叫做志野吧？她的身體沒事了嗎？」

「嗯，托您的福，應該已經回到工作崗位上了。」

結果茉平先生聽了，露出有些訝異的表情，

「是嗎，她畢竟大病初癒，別太勉強喔。其實最好應該再休息一段時間。」

「沒關係，她已經和我談過，工作方面要暫緩了。」

我告知已經和志野亞貴討論過後，茉平先生似乎也接受了。

「那就可以放心了，橋場你也要小心照顧她。雖然我好像不該管這件事。」

「不會，感謝您的關心。我會留意的。」

昨天與齋川連絡後我有點不安，但還是現在這樣就好。看情況再做決定也不遲。志野亞貴有她自己的作法。而且她也贊成了我的提議，能不能提供好的方案，就要看我的本事了。

茉平先生這時彷彿想起什麼，「啊」了一聲。

「不過你可得好好照顧她喔。」

「她？不是志野亞貴嗎……」

回答的同時，我偶然一瞧茉平先生的身後，

「吼嚕嚕嚕……」

新生女孩發出動畫般的野獸吼叫聲。

原本可愛的容貌變成怒氣衝天的表情，發出聲音試圖威嚇我。雖然不可怕，但是得想辦法安撫她。

「……好的，我馬上安慰她。」

「拜託啦。你不在的時候，我們可是雞犬不寧呢。」

茉平先生說著愉快地笑了笑。

◇

「真是的!!大大知道本人多麼望穿秋水，千盼萬盼就盼著大大回來嗎！結果大大始終沒沒出現，本人都以為大大要在福岡定居了呢!!」

「怎麼會呢。來，這是伴手禮明太子鹹派。」

我交給她之前以郵件聯絡時，她想要的點心後，

「唔……大、大大要是以為這種東西能引誘本人，那就完全猜對了……謝謝大大!!今天晚上立刻配茶享用吧！」

宛如藏賄款般，她迅速將零食塞進背包裡。

（和她聊天讓人心平氣和呢。）

她的確有很強的才能，不過該怎麼說呢，好像在逗博美狗一樣。

今天得勝者軟體的休息室裡人不多，我們聊聊天也不會被罵。

機會難得，我稍微確認一下吧。

「話說我不在的時候，發生了什麼事嗎？」

剛才聽茉平先生提到大概，不過保險起見，我還是問問竹那珂小姐的感想。

「唔～剛才茉平先生不是提到，要由大大主導迷你小遊戲的製作嗎？」

「有啊，不過名義上畢竟是協助職員。」

類似由研發部職員擔任策畫人，負責帶領我們，而我則負責整合打工人員。

「奇怪，怎麼聽起來有點不太一樣。還有茉平先生與堀井部長討論到很晚……」

「咦，是嗎？」

「嗯。好像是職員要推動其他的案子，無法負責迷你小遊戲。聽說實質上要由大大一手包辦。」

「竟然有這種事……」

竹那珂小姐不會在這種時候說謊或誇大其詞。她剛才告訴我的內容很有可能是真的。

「可是我只是工讀生耶。雖然我摸過同人遊戲，比大外行好一點。」

況且我也不敢大方讓業內人士評鑑那部作品，好歹給我三個月的時間修正吧。

簡單來說，雖然是附加的迷你小遊戲，但工讀生真的可以參與業內製作現場嗎？

「可是大大，這不是一個絕佳的好機會嗎？」

「好機會？」

在我一頭霧水時，竹那珂小姐一口氣發表意見。

「來製作大大團隊的遊戲吧！這可是絕佳的機會，率領那幾位優秀成員，製作專業級的遊戲！由鹿苑寺學長寫劇本，志野亞貴學姊畫插圖，奈奈子學姊負責音樂。等炒出話題後，一口氣在專業領域出道！」

聽得我嚇一大跳。我差點以為時機成熟了。

得勝者軟體，三位白金世代，新作遊戲。

在灰色的十年後成立企劃，曾經距離我遠如天際的遊戲。

現在就在我的面前，伸手可及之處。

「這個……嗯。」

「欸，欸，不錯吧，來推動吧，大大！」

可是我清楚地表明。

「不，我不會在這個企劃找大家參加。」

竹那珂小姐一瞬間滿臉茫然，然後一口氣，

「為為為為什麼啊，這不是絕佳的機會嗎。連堀井部長都說大大與許多年輕創作家有交流，又深受信賴，所以企劃交給大大全權負責了！」

「是嗎，很感謝部長如此賞識我。可是，」

「可是怎麼樣呢……？」

「理所當然，工作不該當成個人私有物。更重要的是，我不想濫用自己的立場。」

堀井先生肯定也相信我不會這麼做，才說出剛才那番話吧。

聽到我這麼說，竹那珂小姐頓時語塞，

「本、本人的想法的確太膚淺了……！遊戲畢竟是商品，不可以加入製作者的個人主義吧!!」

「反應很快，妳能理解就好。」

我點點頭。

我當然想找他們製作商業遊戲。這堪稱我的最終目標，也是我努力至今的原因。但如果在這種半調子的時期推薦他們，並且受到錄用，難保不會出問題。可能無法營造創作環境，讓他們對商業遊戲失望，或者對做出來的成果不滿意。

（這一點……千萬要避免。）

以前我經驗過好幾次。我曾經為了某些目的過度利用他們，還以非正規手段創作作品。回首過去，雖然也可以說都是教訓，可是下一次要創作時，我可不想再犯同樣的錯誤。不，是不能重蹈覆轍。

所以現在必須盡可能提升自我。

「我會努力達到足夠的水平。等到時機成熟，才能自信地推動企劃。」

這句話宛如我的獨白。

現在一切條件都不足。不論知識或是經驗，樣樣都缺乏。

「所以……哇，等等，怎麼了?」

有如打斷我講到一半的話，竹那珂小姐整個人湊近我。

「呃，有、有什麼事嗎?」

她的動作像玩具一樣點了好幾次頭，

「很對不起!!」

「……啊？」

然後幾乎磕到桌面般低頭道歉。緊接著又對我露出打從心底開心的表情。

「真不愧是大大!!本人的想法果然太膚淺了！沒錯，要在更完善的情況下發揮大家的才能，否則太浪費了呢！」

「嗯，是啊。」

沒理會受到她震懾的我，竹那珂小姐繼續開口。

「明白！那麼為了大家參加的作品，本人會卯足十萬匹馬力協助大大製作的迷你小遊戲。這一次打造好作品，下次爭取單獨企劃吧!!」

「……也對。」

她真的好厲害。在我有點消極時，甚至覺得有一天可能會借助她的力量解決問題。

「那麼有朝一日就拜託妳了，竹那珂小姐。」

「太棒啦！一言為定，屆時要找本人加入喔。本人可以負責任何職務，除了犧牲色相以外都可以！」

最後畫蛇添足的同時，竹那珂小姐面露笑容擺出姿勢。

（但就算到時候答應她，現在還得思考迷你小遊戲的問題……）

為了思考能確實讓玩家感到開心的作品，該招攬誰加入團隊呢。

這是展現過往經驗的好機會，好好加油吧。

◆

「抱歉突然打給妳。」

難得的對象打電話給我。

大概很久以前為了某些事情告訴他電話號碼，然後他從未主動聯絡我。反正彼此透過橋場就能迅速搭上線，之前在大學的課堂上也經常見面，沒什麼必要打電話。

但我們現在很少在課堂碰面。我也明白他已經正式出道，彼此時間很難配合。

所以他才會打電話聯絡我吧，不過重點在於他為何打給我。

「你居然會連絡我，有什麼事情嗎？」

聽得到電話另一頭傳出苦笑。

「居然先問這個問題，很有河瀨川妳的風格。」

「你要先閒聊也無妨，但這不符合你的個性吧，貫之。」

沒錯，是鹿苑寺貫之打來的。

「原因很簡單，有事情想找妳商量，所以才打電話。」
「商量？與你現在的工作有關？」
從電話傳來肯定的答覆。
「照理來說，我在這個領域不尋求任何人的答案……但我現在無暇顧及這些。」
他的語氣聽起來有一絲緊張，可能是認真的。
「可是你要討論的話，不是有更適合的對象嗎。怎麼……」
『不打電話給他』還沒說完，中途他就打斷我的話。
「就是不能連絡他啊，所以我才打給妳。」
「……原來如此。」
雖然還很模糊，但我逐漸明白貫之為何會找我了。
「我的回答不算客觀，而且我不太理解你這份職業。這樣ＯＫ嗎？」
我回答後，他立刻答覆我。
「我正想聽這樣的意見，太好了。」
於是我和貫之開始透過電話討論。

◆

在與河瀨川商量前，我回顧自己最近的情況。

我在共享住宅的工作場所放了一個大型數位式計時器。

設定計時器定時響起，避免浪費時間。

寫得順手的時候另當別論。可是腸枯思竭的時候，這個計時器就屢屢讓我見到地獄。

現在正好就是地獄。

「可惡，已經過一個小時了嗎？」

我粗暴地關掉持續嗶嗶作響的計時器。確認手機的時鐘，發現剛過早上十點。

「哎，我該怎麼說呢。」

在我垂頭喪氣時，手機響了。不用看畫面我都知道是誰打來的。

「辛苦了，我是學央館的藤原。」

聽到責編聲音冷靜，我也盡可能裝出平時的聲音回答。

「辛苦了……不好意思，我還沒完成。」

「是嗎，請問您還需要多少時間呢？」

責編的聲音還是一樣冷靜。

我的責編藤原先生不會質問我小說還沒寫好，或是內容很怪。也不會以強烈的語氣威脅我。

但是正因如此，他冷靜的發言聽起來特別嚇人。總是提醒我想辦法解決問題，我也想盡可能努力。

問題是我現在無法回應他的期望。因為我到現在還沒搞定第二集的架構。

「明天……不，請等我到本週末。我會想辦法在那時候搞定。」

老實說，我都不敢保證週末之前能完成。可是如今早就過了期限，我知道現在的進度危如累卵。

「我知道了。但這真的是最後的期限，請您務必遵守。」

「是的，很抱歉。」

藤原先生說，要確認詳細交稿時間，並點頭同意我開始。屆時我寫作的時間將會所剩無幾。

老實說，我一直覺得只要開始寫就能一帆風順。因為我每次最棘手的都是架構，撰寫正文倒沒什麼負擔。寫第一集時雖然也在正文傷過一些腦筋，但我已經自己發現了解決方法。

（可是目前真的對架構沒轍……）

考慮到將來，必須得先解決這個問題才行。

「川越先生，方便和您聊幾句嗎？」

「咦？好的，有什麼事情呢。」

責編忽然有事找我，讓我吃了一驚。

除了討論工作，藤原先生不會閒話家常。我也覺得這樣正好，所以並未在意。但他只在發生特別嚴重的事情時，才會找我談話。亦即證明現在真的情況緊急。

「您在擬定架構陷入嚴重苦戰，但我覺得很不可思議。」

「……嗯。」

「您在撰寫第一集時的整合能力還不錯，可是第二集卻突然喪失了。如果有原因的話，方便告訴我嗎？」

一股寒意流竄我的背脊。

責編完全看穿之前有恭也幫助我。

「不好意思，我請朋友幫我看，並且提供意見……這次尚未找朋友幫忙，差別就在這裡。」

胡亂找理由搪塞毫無意義，所以我老實回答。

「原來是這樣……其實我有猜到。」

果然責編早就看穿了原因。

「但我認為第二集開始不能這樣，想憑自己拚拚看，目前正在努力。我會想辦法生出架構來……」

我也知道這就是最大的問題。

正因如此，我才設法不依靠恭也的協助。

「希望您別誤會，我完全無意否定您找人構思。實際上也有老師與他人合作撰寫，只要能保證最後的原稿水準，我不會限制稿子要如何寫。」

「嗯，的確……我有聽過。」

當初確定以作家身分出道，我就聽過這件事。所以我才拜託恭也幫忙。

「我擔心的是中途改變作品風格。明明是同一部作品，如果品質與風格出現差距，就是失敗的商品。」

責編還舉了幾個不好的例子。根據我的記憶，這些作品都因為中途改變風格而受到批評。

（原來是這麼回事啊……）

既然實際上有這種先例，出版社當然會擔心。

「所以川越先生，若您尋求協助的朋友今後同樣可靠，我認為可以繼續拜託他。」

這就是關鍵。正因為我覺得很難持續尋求恭也的幫忙，才決定不找恭也。

「畢竟不能老是拜託他，所以我會盡可能想辦法。不好意思讓您費心了。」

「明白。那麼請您週末之前務必完成。」

然後藤原先生掛了電話。我將手機甩到棉被上頭，整個人虛脫地躺在椅子上。

這是生死存亡的關頭。責編沒辦法再等下去，我也必須下定決心才行。

可是目前我沒有突破性的改善方法。唯一能做的就是拚命搔頭思考。

「不依靠恭也，是嗎。」

我一直很尊敬他。我也知道他同樣很關心我。

如果我找他商量自己目前的困境，他肯定會安排時間，為了我而絞盡腦汁想辦法。

「可是……我不能再這樣了。」

我們已經開始分道揚鑣。下一次見面時，就是頂著業內人士的頭銜，從事更高水準的工作。

沒有人這麼決定，但至少我是這麼想的。她們肯定也有相同的想法。

所以我現在不能麻煩他。

況且我還曾經發過誓。

「我到底該怎麼辦才好——」

如果我到了週末還交白券，肯定會比現在更加痛苦。現在還有機會扭轉悲慘的未來。

但我也知道不該這樣。

我現在完全不知道哪個才是正確答案。

然後我撿起剛才丟出去的電話。

「……試著問問看吧。」

可是我不能聯絡恭也。

在這種情況下，我聯絡的對象是比任何人都能冷靜回答的她。

◇

「……就是這樣，解釋完畢。」

「原來如此，我知道你目前面臨的處境了。」

即使我找河瀨川商量自己的大危機，她依然真誠地回答我。

「抱歉，突然告訴妳如此沉重的話題，我也很過意不去。」

「就是啊，橋場也這樣，你們兩人都當我是奇摩知識家吧。」

知識家倒不至於，但的確認為她很可靠。

實際上同年級又對創作客觀冷靜的人，大概就是恭也、九路田與河瀨川等人。奈子與志野亞貴毫無疑問都是優秀的創作人，卻都有較強的主觀意識。

所以即使感到過意不去，我還是選擇聯絡她。

「正因為橋場很優秀，一旦拜託他就會養成依賴性。」

「嗯，就是說啊。」

「這也是我決定不再依靠他的原因。既然已經進入不同的領域，我絕不會繼續拜託他。否則事事都都得靠他的話，我會變成空殼子。」

一切聽起來都好刺耳。

「所以這或許是個重新來過的好機會。不只是這一次的輕小說，也包括今後的路。」

「沒錯。我也不想一直拖下去。但我目前依然不排除正式聘請別人，負責出謀劃策。」

支付酬勞聘請恭也加入，共同創作我的輕小說。

這並非不可能。

「責編沒有禁止的話，的確可行。」

她也沒有否定。

「所以我想聽聽河瀨川妳的意見。」

河瀨川爽快答應了我當成救命稻草的詢問。

「若以由你撰寫為前提的話，其實早就有答案了。」

「已經有了，是嗎。」

我沒想到她會說得這麼肯定。

但以她的個性而言，勢必會這樣回答我。

「能不能告訴妳的答案，以及為何會這麼想呢。」

◇

在得勝者軟體打工的隔天，我要和貫之討論，於是在共享住宅的客廳等待。

我只要從二樓走下來即可，過程短短幾秒鐘。不過貫之要從住處走路過來，所以快到集合時間才出現。

「抱歉，那就開始吧。」

「嗯，我已經仔細看過了架構。」

他已經給了我第二集的架構。本來等我看完後要發表感想，再提出改善的方案。

「首先是我看完的感想……」

以點子而言，貫之的架構有許多有趣的場景。可是十分零散，感覺像大雜燴。

需要整理重點，並且精選必需的小插曲。只要確實做到這兩點，應該就能激發點子的趣味。如此心想的我帶來了候選內容。

「所以說，我認為有必要整理一番。」

我說完後，貫之也表示，

「嗯，責編也這樣告訴我。你真是厲害，恭也。」

聽到觀點與職業人士相同，我也暫時鬆了口氣。

「還好我的糾正沒有看走眼，那麼……」

我拿出手邊的資料，準備提出改善方案時，

「能、能不能等一下。」

「咦？」

貫之卻突然阻止了我。

「怎麼了？還要追加討論什麼嗎？」

至少我以為該討論的都討論過了……

「不，跟恭也你無關。該說大問題出在我身上吧，這是我想了很久後得到的結論。」

貫之難得焦急地一口氣說完後，深深吁了一口氣。

「往後我想不依靠你，憑自己走下去。」

他的口氣聽得出下了決心。

「不依靠我的意思是，不再接受我的建議？」

我反問後，貫之也點頭示意「嗯」。

「其實我想了很久。很早以前我就發現，我在不擅長的領域一直很廢，才會一直仰賴你。」

他打開話匣子，滔滔不絕地開口。

說他第二集的進度已經卡關很久，始終寫不出來。愈想拚命追回損失的時間，就

愈寫不出東西。責編還指出了他的弱點，以及，

「我找河瀨川商量過了。我說我很煩惱，問她有什麼想法？然後。」

「她該不會單刀直入回答你，要你別依賴我，憑自己的力量？」

貫之一臉苦笑。

「沒錯，你猜對了。」

一如預料，河瀨川的建議極為耿直。

「她說得很直接。說我非常迷戀自己的作品，即使要修改，也希望盡量靠自己而不假手他人。所以不只是橋場你，無論我再怎麼信賴別人，如果讓別人修改作品，將來肯定會後悔……這是她的意見。」

看清楚本質後表達意見，的確很有她的風格。

「說起來，明明是我拜託你負責集思廣益，結果又是我提出中止。我真的對你感到很抱歉。」

貫之說到這裡頓了半晌，望向我。

「但我覺得，如果我現在無法靠自己開拓道路，就無法繼續走下去。其實我很想拜託你，可是……」

「這些我早就知道了，貫之。」

我插嘴打斷痛苦陳述的貫之。

「我也早就認為總有一天，必須向你坦承這些。」

「為了……讓我獨立，是嗎？」

我點頭示意。

「我不認為這種創作方式可以長久。但是在你需要我的時候，我協助你也無妨。但既然你主動開了口。」

那我就不用猶豫了。

「我會支持你的。或許這條路很嚴苛，不過加油吧。」

「恭也……」

貫之閉上眼睛一瞬間，

「謝謝你。」

然後用力點頭。

「嗯……」

其實我早就知道有這麼一天，也認為這一刻非來不可。或許這麼說有點賊，但我很高興他需要我，我也的確希望這份關係能持續下去。

可是這麼一來，他就無法邁進下一階段。到頭來會無法擺脫之前製作同人遊戲時的關係。

貫之能主動開口，我覺得非常好。比起聽從他人意見，自己做的決定可以更堅定地整理心情。

奈奈子已經朝不同的方向出發。

意思是貫之的這一刻也來臨了。

本來在大家踏上職業道路的瞬間，離別的時刻就會來臨。但我依然對大家有些依依不捨。

當初與朋友們開心地創作。如今形式已經大幅改變。

（這次時機真的來臨了。）

結束的時刻比想像中更加平淡無波。我目前正深深體會這句經常有人說的話。

鹿苑寺貫之即將成為川越恭一。今天就是值得紀念的日子。

（再見了，貫之。）

這句話我在心裡暗自開口。

◇

最後我稍微提供一些建議，當作留給他的伴手禮。既然他也這樣拜託我，多少會有幫助吧。

「是嗎，這樣很好啊。比起突然中斷關係，逐漸淡化影響應該比較容易。」

為了送伴手禮，我和河瀨川約在大學見面。她也對我的作法表示肯定。

三號館旁邊有處場所叫做美空廣場。我們坐在該處聊天，交換意見。

「怎麼樣？有覺得特別寂寞嗎？」

「嗯……有一點吧。」

其實遠遠不止一點。

今後依然有機會和他一起創作吧。不過屆時就是創作者與製作的身分，不依賴彼此的工作關係。

即使是得償所願，可是一旦下定決心後，始終抹不去心中的空洞感。

「畢竟沒辦法立刻切割，只能逐漸習慣了。」

河瀨川居然會這麼說，真出乎意料。

「還以為妳會說『怎麼不更乾脆一點』。」

「我也有身為人的情感啊，別瞧不起我。」

她一如往常「哼」了一聲後，

「……或許我也有點變了吧。與他人接觸後，變得多愁善感。」

「妳會後悔自己變成這樣嗎？」

「要是會的話，我早就不再和大家見面了。當然也包括你。」

河瀨川回答的語氣似乎有些生氣。

「光是知道人類如此不完整又脆弱，我來到這裡就有意義了。」

我有同感。

以前我同樣以為自己來到這個時代，肯定在各方面都有優勢，可以開無雙。

可是實際上並非如此。就算我見過未來，依然有許多事情辦不到。頂多依靠將近十年的心智經驗拉開差距而已。

如今到了第三年，我面臨一大煩惱。

那就是已經不能再參考未來的體驗。

「另外關於志野亞貴。」

我一開口，河瀨川便點點頭。

「我稍微問過她本人，聽說她要改變工作方式吧。」

「嗯。」

關於我的想法，之前也告訴過河瀨川。

目前優先考量志野亞貴的身體情況。找到一邊維持進度，同時工作的方法。

「我不反對。畢竟你陪在她身邊最久，既然你這麼說，應該就是妥善的作法。我認為肯定不會錯，可是……」

河瀨川停頓片刻後，筆直注視我。

「我要先聲明一件事。」

她的表情很嚴肅。

「對於志野亞貴，你可別背負過多的責任。畢竟你很容易覺得自己該一肩扛起。」

「嗯，我知道……我知道。」

另一個未來的我就是這樣而崩潰的。

我不希望像那時候一樣，讓河瀨川難過。不想讓她擔心。

而且我也希望盡量讓志野亞貴幸福。

「話說輕小說第二集的封面插圖，草稿差不多要完成了吧。」

這是改變作法後的第一項工作。

「沒錯，首先應該能藉此掌握現況吧。」

她吁了一口氣後，從座位站起身。

「你聽好，不論情況變得怎樣，在鑽牛角尖之前務必找大家商量。大家都比你想像中更關心你，千萬不要笨到覺得自己奮不顧身也無所謂。」

語氣很尖銳，但她表達的方式相當委婉。

即使我感動得有點想落淚，

「放心，我答應妳。」

依然回答她，然後跟著起身。

◇

志野亞貴負責插圖的輕小說銷量很好，很快就決定推出續集。

她的責編也主動聯絡，希望能盡早開始準備包括草稿的部分。於是她開始專注製作。

藉由這個機會，志野亞貴改變了工作的進度。

避免在草稿上過度耗費時間與精力，並且控制每天的工作時間。包含學業與生活，我安排了不會損害健康的行程表。

但一開始難免延續之前的習慣，容易耗費太多時間。所以我利用設定鬧鈴等管理時間的方式，盡可能控制志野亞貴的工作。

然後這一天，全新的工作方式展現了成果。

「志野亞貴，我進去囉。」

我準時敲了敲她房間的門。

聽到房間傳來志野亞貴回答「好喔～」我便進入房間。

「打擾了……啊，房間變乾淨了呢。」

志野亞貴的房間收拾得讓我有些驚訝。

「由於多出了了時間，所以也能打掃了喔～」

她的房間原本資料散亂，經常亂得像狗窩一樣。

但可能是時間與精神上從容許多，房間的情況也改善不少。

「工作盡量挪到白天，也會在晚上就寢了呢。」

「嗯，生活過得好像老奶奶呢。」

志野亞貴肯定會成為可愛的奶奶。

（健康似乎真的逐漸好轉呢。）

鬆口氣的同時，我看向志野亞貴工作的螢幕。

畫面上顯示他已經畫了好幾張草圖。

（…………咦？）

看到的瞬間，我頓時屏息以對。

「我試著劃分時間，一天思考一張。構圖包括遠景、近景以及中景。因為你之前說要多畫幾張不同的，我才以這種感覺畫了幾張，如何呢？」

聽到志野亞貴的解釋，我才回過神來。

「噢，嗯，也對。能不能以郵件寄給我？我想仔細確認一下。」

「知道了，那我現在馬上寄給你～」

志野亞貴面露笑容，整理圖檔後寄給我。

「話說如何呢？乍看之下覺得哪一張比較好？」

「這個啊，以妳目前畫的這幾張來看，近景比較好吧。」

我回答後，志野亞貴便點頭，

「嗯，我也覺得近景這一張比較好～」

「是嗎，原來妳也有相同意見啊。」

聽得我也跟著點頭。

「那等一下我會完整回信，等我回信後妳再寄給責編吧。」

「好，那就等你喔～」

在志野亞貴的笑容目送下，我離開房間。

關上門後，我立刻回自己房間。然後急著坐在電腦前方，儲存志野亞貴寄來的圖片，接著開啟。

並列所有圖片後，我端詳一番。

然後忍不住抱頭傷腦筋。

「比我想像中……還要普通。」

一眼就看得出志野亞貴畫的草稿很平庸，毫無特別之處。如果隨便挑幾本其他文庫的小說，多半會找到幾張相同構圖的封面。這幾張草稿給我的印象僅止於此。

她的技巧當然比以前提高了許多。剛才看的幾張圖以整體商業水準而言，毫無疑問在中上級。

但這可不是好事。

「這樣無法出類拔萃。」

插畫家需要許多元素。

需要配合流行的色調，配合截稿時間。這些都是顯而易見的元素，但以我的觀點而言，有一項最重要的。

就是畫出無可替代的圖。

「像某人畫的畫」、「像○○的畫」在流行這種畫風時會有需求。但相似代表可以取代，很有可能被畫風相近的別人取而代之。

志野亞貴的畫風不算離經叛道，一直十分標準。但是構圖與用色等元素既突出又有獨創性。其中讓她成為頂級插畫家的最重要原因，在於「表情」。

以簡單的圖表現可愛元素，只要眼睛畫大一點，鼻子與嘴盡可能畫小即可。某種意義上這是美少女插圖的公式，也在長年占有重要地位。這已經變成觀眾先入為主的觀念，要是鼻子與嘴畫得大又清晰，很容易招致偏離主流路線的批評。

破解這種成見的人就是秋島志野。她繪製的少女圖會嚎啕大哭，展顏歡笑，橫眉怒目。經常有明顯的表情變化，同時又維持人物的可愛，堪稱絕技。

可是她現在手中的武器明顯遜色許多。

即使稍微有在構圖上下功夫，卻不怎麼精緻。哪怕完稿可以靠上色提升品質，至少我在這次的草稿中看不到當初富有特色的表情。

「我該怎麼辦，現在能告訴她這件事嗎？」

志野亞貴的氣色比以前好多了，毫無疑問改善了健康情況。

原本夜貓子的生活也改成早睡早起，逐漸轉變成適合工作的環境。

可是關鍵的成果，

「差別竟然這麼大啊。」

一眼就看得出她的圖沒有之前那麼優秀。

我想起河瀨川，以及仁先生說過的話。

（難道不犧牲某些事物，就無法誕生好作品嗎……？）

我不希望這麼想。畢竟有許多創作家過著規律的正常作息，依然能誕生堪稱名作的作品。

志野亞貴辦不到嗎？我不希望這麼想。可是現狀逼我不得不承認。

「我得確認一下行程表。」

想起這件事的我，開啟寫著今後行程的檔案。

今天要整理草稿方案寄給責編。責編多半會立刻回覆，所以接著要開始畫線稿與上色。由於每一項工作都有一天的緩衝，時間上還有餘裕。

要重畫草稿並非不可能。

「可是這會造成志野亞貴的負擔。」

要是行程排滿，勢必會帶給志野亞貴壓力。

之前回到她的老家，討論過，並且決定調整工作。如今難道要在最初的階段推翻重來？真這麼做的話，害志野亞貴像之前一樣不健康，這樣真的值得嗎？

我又抱著頭傷腦筋。

我的雙手手指使勁。一股疼痛在腦海中流竄，彷彿為了得到結論，以某種器具勒住腦袋一樣。

不久後，我的雙手無力地放下，然後在鍵盤上輸入。

『就寄這張草稿給責編吧。』

告訴志野亞貴後，我關閉了視窗。

然後我整個人趴在床上。明明必須考慮許多事情，但我的頭腦裡什麼都想不到。

我知道這個問題沒有答案。

也明白河瀨川想表達的意思。

可是一旦面臨問題，卻受到不小的衝擊。

如今我才發覺，我原本以為自己已經稍微接近，其實創作的世界還遠在天邊。

第四章　準備啟動

這一天早上我來到貫之的工作房間。

他熬夜趕工，撰寫最後要提交的架構。我是來確認他寫得怎樣的。

「看，怎、怎麼樣，恭也……？」

現階段我已經不再參與架構的構思了。

我只在最後確認一件事情，就是看起來有不有趣。

貫之的方針早已決定。如果我看完覺得有趣，就交給責編。若是不有趣，就用僅剩的一天修正後提交。

但是他已經下定決心，今天就是最後一天。應該說看他的模樣，體力肯定撐不到明天。

影印紙的另一側可以窺見貫之的表情。

他的黑眼圈清晰可見，鬍渣也肆無忌憚長滿臉。我也知道他為了吃點東西墊肚子睡覺，只喝水和吃巧克力而已。

在緊繃的氣氛中，我靜靜看下去。

我已經下定決心不妥協。覺得不行就打回票，要是ＯＫ就告訴他。身為負責發表感想的角色，這一點很重要。

最後我看完了。我將影印紙放在他面前，然後開口。

「很有趣。你很努力了呢，貫之。」

這一瞬間，貫之抓住我的雙手，

「我、我成功了嗎!!謝謝你，謝謝你，恭也!!」

反覆上下甩動。可以感受到我點頭說ＯＫ後，他的喜悅之情。

(貫之真的非常努力呢。)

一如之前的約定，這次除了發表感想以外，避免提供詳細的建議。

在寫第一集的時候，貫之的點子經常動不動東跳西跳。我的工作是從中挑出可能成為主題的點子並依序排好，去蕪存菁。

一開始貫之想在第二集的架構效仿我。可是我的做法與貫之的習慣截然相反，才導致愈修正愈糟糕。不是主題淪於單調的流水帳，就是刪過了頭，使枝微末節的缺點更加顯眼。

關於這一點，貫之採取的對策連我也沒想到。

「我好像終於找到自己的做法了。架構不要單純當成架構看待，只要以思考正文的節奏撰寫即可。」

貫之會邊寫小說的正文，同時微調內容。換句話說，他不太會依照架構撰寫。

所以貫之決定，一開始先寫一篇粗略的正文。寫完後才想得到該如何相容與整合。再基於自己寫好的小說原型撰寫類似概要的架構。

這種不合理的寫法只有貫之才做得到。寫正文的速度本來就不快，而且之後可能還會白費工夫。正常來說，不會有人傾注心力在這種內容上。

（這是他才想得到的解決方法。）

所以毫無疑問，這是他憑自己的力量掌握的正確答案。

「欸，我問一下，你覺得這樣責編會感到開心嗎……？」

「我不確定，但我認為內容非常有趣。你也是覺得很有趣，才會讓我過目吧？」

貫之點點頭。

「我怎麼可能讓你看沒意思的內容呢。」

「嗯，那這樣就好啦，交稿吧。」

我堅定地告訴他後，貫之再度像點了亮燈一樣，露出炯炯有神的目光。明明已經睏到快要倒頭就睡，卻依然在思考小說內容，我認為他真的很厲害。

「好，那我要交稿了！等責編回應後我再通知你，真是太感謝了！」

「嗯，我會期待結果。」

說完後，我離開貫之的工作房間。

到了這個階段，貫之應該可以獨挑大樑了。我沒看到任何會被退搞的內容，照理說頂多只有部分修改或誤差。

他本來就有才能。

即使沒有我，也應該會綻放燦爛的才華。

「呼啊……貫之他沒事吧？」

奈奈子睡眼惺忪地在客廳等候。

她似乎擔心貫之，同樣熬夜守候。平時明明鬥嘴鬥個不停，不過在創作方面就會關心貫之，這是奈奈子的優點。

「應該沒有問題。或許有讀者的喜好因素，但我看過內容後覺得足夠有趣了。」

「那就好。畢竟他有真材實料，應該是改變心情後終於突破瓶頸了吧。」

「嗯，我也這麼認為。」

貫之一直認真面對寫作，我不認為撰寫架構會變成他無法逾越的障礙。

不過我也認為，正經的個性可能妨礙他找到解決問題的方法。若以這種角度來看，能創造契機對他本人而言也是好事。

「所以奈奈子，妳也辛苦了。」

「好，那就晚安啦～」

奈奈子忍著呵欠，同時回到自己的房間。

「好，接下來……輪到志野亞貴了嗎。」

我回到房間後，確認她的責編寄來一封聯絡進度的郵件。

志野亞貴提交的草稿順利過關了。責編的意見和我一樣，都認為近景的方案較佳。

原本擔心的品質問題，在從線稿到上色的過程中大幅提升。最後的成果即使在商業媒體上刊載也沒什麼問題。

編輯部的反應也很好，志野亞貴似乎同樣開心。

（暫時……還好吧。）

總之我放下心中大石，同時敲了敲她房間的門。

「我進去囉，志野亞貴。」

「好啊～」

今天預定的進度是不久前寄來的插圖工作，過程中我來確認情況。

「這些就是特典要使用的插圖～」

我依序確認開啟的圖檔。

感想與之前輕小說的封面插圖一樣。構圖與表情沒有什麼新意，但是以商品而言依然十分合格。

「既然也收到插圖的指定要求了，那就依序進行吧。」

「嗯，好喔～」

志野亞貴的情況看起來與以前無異。

不，反而由於更加健康，似乎更加快活了。

仁先生與小優見到的話，肯定可以放心吧。姊姊身體健康，也能同時兼顧工作進度。

這就是追求的目標，照理說沒有任何問題。

「恭也同學，恭也同學。」

「啊……咦，抱歉，志野亞貴。我剛才稍微發了一下呆。」

「真是的~我正在對你說話呢，怎麼了嗎。」

志野亞貴嘟起可愛的臉頰抗議。

「因為要想的事情有點多。抱歉，現在本來應該集中精神在妳的工作上。」

「呵呵，對呀~」

人的作品有起起伏伏。即使志野亞貴目前停滯不前，肯定也不會持續太久。

我如此告訴自己，然後讓她繼續工作。

◇

在得勝者軟體推動的企劃終於正式開始研發。

以茉平先生為首，主要團隊成員負責遊戲的核心部分，推動企劃並製作各種素材。我們則依照指示，製作遊戲中的迷你小遊戲。

竹那珂小姐說得沒錯。照理說我本來只是輔助，結果實際進行後，幾乎由我負責主導。

「辛苦了，大大！」

向我行彷彿會發出聲音的標準禮後，竹那珂小姐站在我的座位旁。

「有暫存版的系統美術，虛擬事件圖，以及背景美術的草稿。這些本人都整理好，放在共享資料夾內了！」

「謝謝妳，幫了大忙呢！接下來的指示我也會寫在工作表上，能從上到下依序幫我完成嗎？」

「本人知道了!!」

再次筆挺敬禮後，竹那珂小姐悄悄在我耳邊低語。

「……大大的身體沒問題吧？看大大一直高強度工作，本人有點擔心呢。」

「噢，嗯……應該還可以吧。」

其實這句話不算實話。

迷你小遊戲的部分製作可以外包。不過上頭吩咐，基本上由我和竹那珂小姐兩人負責。

「大大負責劇本、設計、挑選零件與程式碼，本人則是角色設計與整體美術。音樂與不足的部分要我們使用以前作品的資源，真是辛苦啊。」

「是啊，期限也相當緊湊，到底是怎麼回事呢。」

結果我們被迫加班加點趕工。

「總覺得山雨欲來呢～該說研發部整體的氣氛不太好嗎。」

竹那珂小姐再度壓低聲音說。

她說得沒錯，現在的研發部明顯陷入緊急情況。之前還看得到職員趁工作的閒暇聊天，或是在公共區域玩遊戲。現在所有人都在靜得出奇的職場默默工作。

只有咋舌聲與焦躁的抱怨不時傳出。

「今天堀井先生與茉平先生在和高層開會吧。」

「對啊，差不多該回來了吧。」

話才說到這裡，研發部的門便開啟。

所有職員的視線都望向門口，然後愣住。

「…………」

堀井部長與茉平先生明顯板著一張臉。氣氛緊張到根本沒有人敢隨意開口。

「橋場和竹那珂，你們兩人能來會議室一下嗎？」

「好、好的。」

茉平先生一叫，我和竹那珂小姐便一同起身。

「……我有不好的預感。」

「對啊。」

我們在不安的情緒下趕往會議室。

◇

果不其然，茉平先生當著我們與職員的面宣布的並非好消息。

「目前進行的RPG企劃製作時間，從原本的一年縮短至十個月。這是剛才董事會決定的。」

所有人當然議論紛紛。

RPG企劃可是茉平先生提案的焦點。高層原本交代要比照遊戲規模，仔細製作。給予比普通遊戲更多的期限。

可是高層後來又反悔，認為考慮到其他產線的情況，沒辦法花一年製作。於是單方面告知縮短製作期間。

目前企劃已經進行了一個月，意思是要在剩下的九個月做出來。

「怎麼會！好不容易穩定依照行程表製作了耶。」

「當初是以一年工時為基準發包，如今變更得了嗎……？」

改變期限對職員們似乎也形同晴天霹靂，紛紛發出擔憂。

「真的假的……茉平先生他沒事吧。」

連竹那珂小姐都露出不安的神情。

自從建立企劃後，茉平先生照樣仔細聯絡各部門。並且妥善安排進度製作行程表，以避免加班。還從預測銷量仔細整理出能讓公司賺錢的企劃，最後獲得高層的許可。

可是高層卻突然要求縮短製作期間，這是非常大的打擊。

（九個月嗎……期限減半大概不太可能。但是擠壓整體工時的話，應該有機會縮短兩個月。）

我也確認過茉平先生製作的行程表。

不知道算不算幸運，當初安排的時候有留下充裕時間。所以拚進度縮短工時的話，理論上可以做完。

機會難得，況且企劃本身也很有魅力，茉平先身肯定也很想更進一步。我原本這麼以為。

「我說說我的意見。」

茉平先生開了口。

「這種情況繼續下去的話，我認為會無法進行企劃。所以……」

可是他接下來說的話，卻出乎我的意料。

「我考慮向高層強硬表示，如果爭取不到預定的時間，就中止整個企劃。」

聽到茉平先生的提議，連職員都忍不住議論紛紛。

（咦……要放棄企劃嗎？）

我忍不住和一旁的竹那珂小姐面面相覷。她似乎也很意外，露出驚訝的表情。

企劃好不容易通過，現在卻要與高層硬碰硬，這樣真的好嗎……？

職員們也十分猶豫，不敢貿然同意茉平先生。老實說，大家似乎都很困惑。

（畢竟大家也很期待這項企劃。）

當然，企劃的主導權掌握在茉平先生手上。但是自從企劃上了軌道，其他組員同樣也會提出點子。

現在突然說不惜廢案，大家當然會質疑這麼做值不值得。

「請等一下，中止企劃會不會做得太絕了？」

「是啊，都已經撥預算開始製作了。就不能接受修改部分條件，推動企劃嗎。」

果不其然，職員們也開始提出質疑。

可是茉平先生不為所動，

「之前的企劃，高層同樣硬塞不合理的行程表給我們。結果有許多作品的成果不盡人意。難道還要再犯同樣的錯誤嗎？」

面對公司的資深職員，絲毫不肯退讓。

「唔，這個，呃……是沒錯啦。」

「的確，高層不負責任的命令害我們以前吃了不少苦頭呢。」

我覺得茉平先生處理得很好。他成功將這個企劃轉移至製作團隊以前受到的屈辱、立場與尊嚴受挫的問題。加上累積至今的受氣經驗，愈資深的職員就愈難反對。

「可、可是，就不能巧妙地調整進度嗎？」

但還是有人覺得可惜，詢問是否有妥協的餘地。

「不，降低自身標準以配合別人本身就不合理。」

茉平先生卻依然不肯退讓。

他可能早就有這種打算，態度顯得非常堅決。

「如果沒什麼意見的話，就這樣進行吧——」

在茉平先生即將以平時的沉穩語氣宣布的一瞬間。

「不、不好意思，請等一下！」

我忍不住舉起手。

如今我顧不得自己只是工讀生，也不是主要研發成員。總覺得該說些什麼才行。

感覺不在意我的慌張，茉平先生冷靜地，

「有什麼意見嗎，橋場？」

開口問我。

「這、這個，呃……」

我頓時慌了手腳。

平時我根本不敢向茉平先生唱反調。

可是我直覺認為，這一刻必須發表意見才行。

「就此放棄企劃的話，不覺得實在太可惜了嗎。」

然後我開口表示。

整間會議室一瞬間靜得出奇。

茉平先生已經不是單純的工讀生。他不僅確定會成為正式職員，還深受研發部團隊的信任。

老實說，我既不敢也不想反駁這樣的人物。更別提平時工作上他很信任我，我哪好意思當面開口。

（可是……這樣遠比心中一直感到彆扭好多了。）

下定決心後，我轉過身來。

「的確，我也很不甘心就此中止計畫。」

茉平先生手扠胸前沉默了一會，然後緩緩開口。

「但是與其在先天缺陷的環境下，研發不如人意的作品，即時打住還能止損。你不這麼認為嗎，橋場？」

冷靜又堅定擁有自我想法的人，每一字每一句都很穩健。

只有立基十分穩固的人，才能說出這番話。

（不，別害怕。因為我有相信的事物才敢開口。）

我想表達的意見有兩項。

其一，調整行程表並非不可能的任務。其二，這是難得立項的優秀企劃，我不想就此浪費。

後者由於情感原因占了大半，很難當成說服的材料。既然茉平先生一口咬定目前難以修改行程表，那就先針對這一點。

我略為深吸一口氣，然後開口。

「高層要求縮短製作期間，的確是強人所難。可是難道不能以繼續製作為前提思考嗎？比方說懇求高層讓步，再寬限一點時間，或是思考如何在剩下的九個月完成。」

茉平先生用力搖了搖頭。

「很困難。根據之前蠻橫高層做出的決定，他們大概率不會退讓。」

「我知道很困難。所以我認為應該準備武器，再嘗試說服高層。」

「武器？什麼意思？」

他對我的意見產生了興趣。

「嗯。根據高層的說法，要我們縮短研發期間，並且草率地砍了兩個月。那麼研發部自行估算，並且提出詳細數據的話如何？」

我指向貼在白板上的行程表，繼續開口。

在劇本、美術、程式等工序上，都畫著顯示時間的長線。

長線的末端有一部分顏色不一樣。這代表讓工序不至於太緊湊的緩衝時間。

「多虧茉平先生事先深思熟慮，目前所有工序都有一點緩衝時間。」

「嗯，考慮到這些都是必要工序，當然要有緩衝。」

我將所有緩衝時間相加，寫在白板下方。總共有三十五天，大約能節省一個月多一點。

「依照這種縮短方式，應該能勉強提前完成工序。當然不能太老實地向高層提議，否則就無法討價還價了。所以嘗試算出二十三到二十七天再提案，說最多只能壓縮這些工時。」

零星傳出有人讚嘆的聲音。

根據我剛才的感覺，果然也有一部分人認為就此放棄還太早。我希望先拉攏這些人，同時試圖讓支持茉平先生的人回心轉意。

「看起來似乎有可行性，但只是紙上談兵罷了。我們必須應對人為疏失，或是突然無法取得資源的意外事件。否則不好意思，單純靠計算向高層提議很危險。」

聽到茉平先生表示擔憂，我也點頭同意。

「當然，我只是表達思考的方式。需要各部門負責人確認風險，同時謹慎地壓縮工期。不過……」

認為還差臨門一腳的我強勢建言。

「難得有這麼優秀的企劃，也為了推動並製作優秀的作品。應該檢討調整方案，而不是在做與不做之間一刀切吧？」

「……」

茉平先生屏息以對。

我先勸之以理，後動之以情。

（透過工作學習到的經驗，多少派上了用場吧。）

要是我先訴諸情感，肯定不會這麼有說服力。

職員們也逐漸傳出贊同的聲音。

例如這樣應該有機會，還能更嚴格挑選素材。或是以整體彌補的話有機會實現，我接連聽到這些意見。

（這樣能不能稍微扭轉情勢呢……？）

剛才支持與反對的意見各半。現在氣氛逐漸轉變成調整後繼續推動企劃了。

這代表我成功提出了不同的意見吧。

茉平先生始終閉著眼睛，手扠胸前不發一語。

似乎發覺大家的意見正逐漸轉變，不久後茉平先生睜開眼睛，

「我知道了。既然大家不同意，就先擱置中止企劃的方案。包括橋場你負責的部分，這件事情就交給大家判斷吧。」

有幾名團隊成員發出「噢～」的讚嘆聲。

照理說以茉平先生的立場，可以一口回絕提議。但他可能察覺現場的氣氛，選擇擱置自己的提案。

「各位辛苦了，散會吧。」

會議室頓時瀰漫放心的氣氛。

所有人起身回到工作崗位之際，只有茉平先生始終坐在原位。

連我也不好意思跟著回到自己的座位上。

（雖然剛才情急之下開口，可是卻好像我在狡辯。）

我沒有任何惡意或政治意圖。茉平先生照理說也應該明白。

可是我剛才當場發表意見，改變了茉平先生的信念或是想法。這畢竟是事實。

我只想發表意見。留下禍根並非我的本意。

口乾舌燥的我，從喉嚨裡勉強擠出聲音。

「呃，茉平先生，我——」

正當我要繼續說下去，

「橋場。」

茉平先生以平時冷靜的語氣打斷了我。

「能不能占用你一點時間？我有事情想和你私下談談。」

果然他也似乎有想法。

「……好的。」

我只能點頭同意。

◆

電話的另一頭傳來最後確認的嘀咕。斷斷續續響起責編小聲說ＯＫ，這裡也ＯＫ。

不久後聲音平息，緊接著責編以清晰的聲音回答。

「架構ＯＫ，辛苦您了。請開始撰寫正文吧。」

我感覺全身頓時失去了力氣。

「非常感謝您……！」

長吁一聲的我，整個人躺在椅子上。

終於可以開始撰寫製作中的第二集輕小說了。

「不好意思，花了這麼多時間。」

我為自己拖延進度向責編藤原先生道歉。

「不會，雖然架構難產，但您應該學到了寶貴的經驗。請維持衝勁，努力寫出好作品吧。」

「是的，當然會。」

接著討論截稿日等細節事項，還具體規畫了今後的預定行程。

就在我即將掛掉電話的時候，

「話說川越先生……之前幫您出謀劃策的那一位，您後來有和他討論過嗎？」

話說我還沒向責編報告這件事。

「嗯，這一次僅稍微請他提供建議。不過我們已經討論過，決定今後靠我自己的力量。」

「是這樣啊。能有好結果是最好的。」

藤原先生說了句「還有另一件事」，話鋒一轉，

「從第一集架構的整合方式來看，您和那位橋場先生在工作上非常契合呢。」

「原來如此……是這樣啊。」

根據藤原先生的說法，在取捨小插曲與代換順序等方面，橋場似乎巧妙配合我的創作。

「所以應該是您自己決定，這一集要靠自己的力量撰寫。不過我認為，有機會的話兩位其實可以再度共同創作。」

多謝責編的好意。我也希望能再次和恭也一起創作。

但是目前我希望專心提升自己的實力。努力一段時間後，如果恭也有想創作的作品，我再幫助他。這是我的願望。

藤原先生掛掉電話後，我也一直在思考這件事。

繼續當個輕小說作家，對於想靠寫作維生的我是夢寐以求的好機會。

但是難得遇見恭也，以及系上的夥伴。我希望珍惜這份緣分，並且強烈希望再度一起創作。

「想與他們共同創作嗎。」

當初創作春日天空時，我還非常不成熟。我始終感到很後悔，換成現在的話肯定能做得更好。

有朝一日要再度創作的話，我也希望有一席之地。

「輾壓級的劇情力量……只要實力夠強，讓任何人都覺得有趣，肯定能幫助恭也。」

我打開暫時蓋起的筆電，依照剛剛通過的架構，開始氣勢如虹地撰寫正文。

「無論如何，我必須要能獨當一面才行。」

◆

會議室內只剩下我和茉平先生兩人。

一開始我們都保持沉默。茉平先生始終閉著眼睛，一句話也不說。

（事到如今，雖然出於無奈，但還真是尷尬啊。）

就算想開口，也總覺得我們在互相牽制。

總之我先回想剛才爭辯的過程。

對於茉平先生研擬的企劃，高層命令必須縮短研發期間。

可是茉平先生與高層硬碰硬，甚至提出不惜放棄企劃。

而我認為他的做法可能過於極端，提出妥協方案。

以上就是剛才爭辯的要點。

爭辯到最後，對於茉平先生認為不可能的部分，我提出可能的說法。最後他表示會考慮。

這麼說或許太自滿，但我提出了一種解答。

（不過有點奇怪，該說整件事就啟人疑竇。）

不用說，茉平先生頭腦很好，而且思慮周全。

這樣的人怎麼可能沒想到我這種咖臨時想到的妥協方案。我想他可能早就知道有這種解法。

可是他依然從一開始否定這種可能性。換句話說比起貫徹到底，堅持推動原始樣貌的企劃才有意義。

假設是這樣，他的目的究竟是什麼?行動究竟又是針對誰?

如果有機會詢問，我還真想問問看。

(就算是這樣，我究竟該怎麼開口呢。)

我一直想為剛才的事情道歉。我不後悔正直說出自己在意的事情，但我的確違反了他的意願。

他為這件事情生氣並不稀奇。

「剛才很抱歉。」

我低頭致歉後，茉平先生也睜開眼睛。

「不，我也在反省自己過於專斷了。如果有足夠強力的說明，橋場你應該也無法反駁吧。」

這時候他停頓半晌，話鋒一轉。

「不過老實說，我的確覺得這樣造成了我的麻煩。如此一來，我就勢必得修正原本的規劃了。」

「如果有我能力所及的範圍……」

正待說出『我願意盡力』的時候，茉平先生跟著開口，

「之前我應該向你說明清楚，早知道就該在準備階段向你尋求幫助。」

「說明？」

說明什麼事呢。除了那項企劃以外，茉平先生還思考過什麼呢。該不會是完全不同的遊戲企劃，或是……

可是茉平先生接著告訴我的，卻是另一種層次的衝擊。

「其實我是得勝者軟體的社長，茉平忠廣的兒子。」

「……原來是這樣啊。」

打工獲得錄取時，我確認過社長的姓氏。由於十分罕見，當時我就懷疑……如今可以確認我沒猜錯。

「你覺得很奇怪吧？我只是個工讀生，結果卻負責相當重要的工作。其實就是靠爸族啦。」

雖然茉平先生語帶自嘲，但我卻不這麼覺得。

在實務層面，他比其他工讀生與社員都出類拔萃，能力超群。所以肩負責任並非偏袒，而是理所當然。

「其實我不認為這是靠關係。」

「謝謝你，可是其他人不這麼想。實際上私底下有不少人說，將來我確定會繼任

社長一職了。」

果然因為這一點而吃了苦頭嗎。

「可是我不想繼承現在的得勝者軟體。」

「咦，這是為什麼呢……？」

這時候的得勝者軟體雖然並非上市公司。但是營業額與業界矚目度都十分亮眼，堪稱潛力股。

所以我原以為繼承這間公司，當然會成為人人欽羨的話題。

「果然還是因為父親的關係嗎？」

「這也是原因。但我更討厭公司的體制與思維模式，太老舊了。」

他的語氣帶有幾分抱怨。

「父親依靠研發老式遊戲讓公司成長，一直盲信可以靠這種做法撐下去。所以加班在公司是常態，甚至有人拚到弄壞身體。即使公司規模變大，內部依然與大學社團無異。」

這番話真是扎心。我在十年後任職的公司，正好集合了所有老式遊戲公司的缺點。

「所以我一直想改變這間公司。我也向職員尋求協助，可是只有堀井先生願意接受我的意見。」

怪不得他經常和堀井先生一起行動。

「不過這樣就夠了。我原以為只要擬定企劃，在時間充裕的體制下完成並創下業績，就能讓高層閉嘴。照理說也能改變體制。」

茉平先生懊悔地將企劃書甩到桌上。

「可是常董那幫人卻說我的工時還可以再縮短一點。我一反駁，他們就以我還不懂研發現場這種藉口堵我。簡直蠢爆了！我就是和大家一起同吃同住，看到許多人有家歸不得，才擬定這個企劃。那幫蠢材才是什麼都不懂。」

難以想像這番感情流露的強力批判，竟然出自茉平先生之口。

以前我就待過黑心公司。所以光是有茉平先生這種想法的人存在，就讓我感激涕零。

「所以我不想對那份企劃妥協。我當然知道只要縮短預留時間，就能提前完工。也知道高層多半會答應調整工時」

果然是這樣。他早就料到，才打算嚴詞拒絕高層嗎。

「其實我對你感到抱歉。但我不只是為了這份企劃而行動。是著眼於未來的遊戲製作體制而思考。」

房間裡的氣氛十分緊繃。

茉平先生的語氣明明和平時一樣冷靜。但是他每一次開口，我就覺得房間的氧氣

濃度降低了一些。

「我想讓遊戲製作變成普通的工作。」

茉平先生靜靜地開口。

「業界向來以『創作者』這種專有名詞粉飾。彷彿製作遊戲是某種神聖領域，試圖掩蓋過長的工時與惡劣的環境。我想改變這種現狀。」

得勝者軟體可能以前就是這種公司吧。他的語氣聽起來似乎很了解。

「我們這些創作者也一樣。因為創作很開心，不小心過度耗費時間，甚至用原本該休息的時間工作。即使這一瞬間能感到興奮，將來身體肯定會嘗到苦果。」

這番話真是刺耳。『為了創作好作品，不惜時間與勞力』乍聽之下很美好，可是這種做法並未考慮創作者的極限。實際上志野亞貴就曾因此弄壞身體。

「——所以我想改變。」

他筆直注視我。

「我希望能像公務員或工廠員工，整齊有序，以時間嚴謹劃分工作。從基礎改變員工的工作環境，這是我的理想。既然第一步這裡，我就不想妥協，也希望多幾位志同道合的夥伴。」

他的語氣能感受到強烈的意志。

「你願不願意贊成我，橋場。」

茉平先生向我走近一步。

如今我覺得，剛才我開口發表意見是對的。

透過改造組織，有可能改變完工期限與工作條件。若以此為藉口推翻所有企劃，形同背叛所有團隊的同仁。

更何況茉平先生說得對。如果乍看之下對立的行為，其實只是思維模式的不同呢？

這甚至會讓人質疑誠信度。

（不過茉平先生試圖改變過去的習慣。）

以前我以為這些習慣是常識，在許可範圍之內。

茉平先生卻說，這一切都是創作者的不利條件。高層提出不合理的要求，折磨製作人的常識是錯誤的，他想徹底根除。

我腦海中想起小優說的話。

他希望幫助家人，因此懇求過我。而且我答應過他。

如今，我面前的人想從體系層面實現這個願望。即使他和我的年紀差不多。

我深呼吸一口氣，然後下定決心。

「我知道了。我會收回自己的意見……並且支持您。」

這個人可以信賴。他的思想值得信任。

聽到我的允諾，茉平先生露出開朗的笑容，

「謝謝你，我一直相信你會理解我。」

然後向我伸出手。

我握住他的手後，他跟著伸出另一隻手，疊在彼此的手上。

「交給我吧，我會徹底搞定高層的。絕對不會造成你的麻煩，你放心工作吧。」

「好……」

這句承諾讓我胸口發熱。

沒錯，比起創作者的身分，我更是公司的職員。

如果不改變這個環境，我的企劃也有可能無法成立。

◇

之後茉平先生再度向研發部成員解釋企劃。並且確定以中止計畫為談判紅線，要求高層重新考慮。由於我也贊成，所以整體意見大多傾向支持茉平先生。

雖然有人反駁，但茉平先生一一向每個人仔細解釋。等沒有任何人反對後，才當成全體意見向高層談判。

而且他還要處理一般業務，讓我覺得他的能量真驚人。

（真的很了不起呢。）

我再次對茉平先生十分尊敬。

「大大，茉平先生是不是已經放棄企劃了？」

連竹那珂小姐也有點在意，詢問我的意見。

「很難說呢。創作的時候他會十分投入，可是現在卻若無其事般工作……」

實際上，茉平先生處理平時的業務時和以前一模一樣。絲毫看不到剛才會議室事件的餘波。

「若是真的，那他可真厲害呢。」

竹那珂小姐發出讚嘆，一旁的我則在意茉平先生。

這樣真的好嗎。

他的內心深處究竟在想什麼呢。

（大概只有他自己才知道。）

正好到了午休時間。我前往部長堀井先生的座位，詢問他是否要一起吃午餐。

堀井先生說了句真難得，並且爽快地答應。

然後我一向堀井先生確認，

「這個問題很棘手呢。老實說，有些問題不能在這裡回答。」

「是嗎……」

果不其然，他幾乎不肯告訴我茉平先生究竟在想什麼。

「關於這一行的工作方式……他有自己的想法，沒辦法。」

但是可以肯定，茉平先生的態度絕對事出有因。

「可是……我不能問詳細內容吧？」

「因為涉及個人隱私。所以我沒辦法說出口。」

說著，堀井先生搖了搖頭。

「但如果有必要的話，他應該會主動告訴你。因為——」

堀井先生微微笑，

「茉平先生似乎相當器重你。我猜想不久後，他肯定會再度主動告訴你。」

「是、是這樣的嗎。」

「嗯。他說橋場你有吸引他人的力量，而他沒有，所以他很羨慕你。此外他也十分讚揚你的工作態度。」

這也讓我感到驚訝。

那麼優秀的人居然會這樣看待我。光是這樣就讓我產生自信，卻也感受到壓力。

「……正因如此，有件事情我想拜託你。」

「什麼事情呢？」

堀井先生露出寂寞的表情，

「茉平先生很孤獨，所以希望今後你能繼續和他成為好朋友。」

「…………」

其實從茉平先生身處的立場，以及他的想法就知道。

都不用多想，他的確很孤獨。

但茉平先生依然試圖改革。明明有可能讓他徹底受到孤立，他依然不為所動。

以前在黑心企業上班時，沒有人挺過我。不論我怎麼呼籲改善業務，提升作品質，社長都充耳不聞。同事們早就死心，只會冷嘲熱諷困獸掙扎的我。

孤軍奮戰實在太辛苦了。

所以我也很明白，茉平先生很辛苦。

（像我這種人，有沒有機會和他一樣厲害呢。）

不論是創作，或是工作。即使有十年的經驗差距，我都覺得在各方面都追不上他。

但如果他賞識這樣的我。

「我知道了。如果不嫌棄的話……」

我想回報他的慧眼。

「謝謝你。這份工作非你不可啊。」

堀井先生說著，對我點了點頭。

◇

今天同樣下班後，我和竹那珂小姐一同回家。

「今天同樣辛苦了。多虧妳努力幫忙，進度也不錯呢。」

「真的嗎!?欸，本人超開心的！今天回家後本人會偷偷獨自舉杯慶祝！用可樂!!」

竹那珂小姐當場開心地轉圈圈。

我並非在恭維她。多虧她的幫忙，迷你小遊戲的研發進度一帆風順。

有些美術素材由於資源與資金問題無法外包，她以驚人的速度接連完成。堪稱一個人頂好幾人份的工作。

能不能當藝術家姑且不論，她肯定不怕沒頭路。她就是這種全方位的長才。

（毫無疑問，她非常優秀。）

比起凡事半吊子的我，她能接手做出更高的水準。

我再度深刻體會到，加納老師為何將她介紹給我。

可是我又想起茉平先生說過的話。要改變製作遊戲的現場環境，就更不該將她這種特別人物當成理所當然。

若依照以前的做法，少了她會導致整個企劃停擺。如果不改掉這一點，業界會永遠停留在上個時代。

「欸，欸，大大覺得和本人一起創作有趣嗎？」

竹那珂小姐突然小聲問我。

「咦，怎麼突然這麼問？」

「沒有啦～本人目前的工作當然也有個人喜好的部分。但基本上都是公司下達的指令，或者是業務需求嘛。」

她說得沒錯。

「但是大大以前都和自己挑選的團隊成員，創作自己想出來的點子。相較於這些企劃，本人純粹很想知道大大的感想～!!」

原來如此。與其說有點不安，她更好奇我怎麼想。

「當然很有趣啊。」

我這句話並沒有說謊。

「竹那珂小姐妳有創意。還會重新思考我想到的事情與下達的指示，自行改進再提交。所以我一直很期待接下來妳會怎麼想呢。」

我看著她，用力點了點頭。

「雖然做的是份內工作，但對我而言卻是想做的事情。」

聽到我這句話，竹那珂小姐的反應很開心。

「原來是這樣，那真是太好了！」

她張開雙臂，輕輕蹦跳後，

「不過總覺得本人也有點寂寞呢。」

接著以格外懇切的語氣說出這句話。

「寂寞，怎麼說？」

「嗯~目前和大大一起工作超級開心。可是總覺得一切都集中在工作上，或者該說做什麼都有侷限性呢。」

然後她一轉身，對我面露笑容。

「欸，大大。本人還是想主導某些企劃！」

「我就知道妳會這麼說。」

可是我也有這種想法。

她有這種才能，卻只能像打雜一樣萬事包辦，實在太浪費了。我希望幫她準備更宏大，更穩固的舞台。

可是我目前沒有這種力量。

「抱歉，如果我有更大的權力，或是更多錢就好了。」

這句話聽起來很洩氣，可是推動企劃需要這些東西。

我既不能堅持自我，也無法貫徹自己的主張。

明明經驗比別人豐富，卻無法充分發揮。

那就是現在的我。

我不像茉平先生具備堅定的思想。卻也沒有不惜禁欲，一心專注在創作上。

聽到我這句洩氣話，竹那珂小姐露出驚訝的表情。

「咦，大大等一下，本人可沒有想過要立刻拜託大大，推動龐大的企劃耶!!」

「啊，是嗎？」

我一直以為這是她的要求。

「如果有的話，本人當然願意加入。可是大大還是大學生，本人也知道沒辦法馬上實現啊。不過……」

「不過？」

竹那珂小姐突然靠近我，

很有精神地說。

「若是自己想著手的嶄新企劃，就可以隨時擬定啦！」

「企劃嗎？噢，的確是。」

她說得沒錯，實現與否姑且不論，的確隨時都能擬定企劃。

「迷你小遊戲的研發即將進入尾聲，不是還能騰出時間嗎。所以趁餘暇時間想想看，大大和閃閃發光的學長姊們共同的企劃！」

原來如此，的確是這樣。

志野亞貴與茉平先生的事情讓我情緒消沉了不少。可是考慮到將來，預先擬定企劃其實沒什麼不好。

不只是想當製作人的籠統想法，而是總有一天大家共同創作的企劃。這才象徵我究竟想創做什麼樣的作品。

趁現在擬定企劃才有意義。

「謝謝妳，多虧妳的提醒，我找到想做的事情了。」

「哇！大大又向本人道謝了！本人今天該有多麼開心呢!!」

才華洋溢的學妹再度在我面前轉圈圈。

當著她的面，我決定開始慢慢思考企劃的構想。

◆

中階主管簡直不是人當的。

每次和加納聊天，幾乎都會聊到這個問題。

我原本想參與研發才進入遊戲公司。結果最近的工作都是面對行程表，死盯著預算表，還有反覆打電話與寄郵件。造成每次都過了下班時間，才開始關鍵的研發業務。

而且自從進入公司後，我才深切體會到當中階主管有多辛苦。以前還是一介員工時，見到尊敬的上司心力交瘁。當時我還心想，將來千萬別當什麼主管。

明明心裡這麼想。結果上司親口告訴我「接下來拜託你了」，我哪好意思拒絕。

不過研發職務的主管業務還算有趣。不能親上研發前線是有點寂寞，但是優秀的同事與屬下會幫忙製作優秀的作品。能幫他們搭建穩固的基礎就很有意義。

可是現在——

我再次感到後悔，覺得中階主管簡直不是人當的。

「社長。」

面前的人是我曾經尊敬的上司。

晚上，在社長室。我的前任上司，也是現任社長找我過去，如今我正站在他面前。不，或許應該說罰站。

因為社長吩咐的事情實在太難堪。

「您的意思是，不打算推翻已經決定的事項嗎？」

我發現自己向社長確認的這句話在顫抖。

「你很囉唆哪，堀井。」

坐在椅子上的社長轉向我，露出與以前不一樣，更加犀利的眼神盯著我。

「叫阿康別再耍蠢了。我只想說這句話。」

「否則要撤換企劃的領導人，並且趕走阿康，是嗎。」

社長沒有回答。這段沉默勝於任何雄辯。

「社長，您知不知道為何會變成這樣？」

「我哪知道他在想什麼。」

「不，您當然知道。但您只是假裝不知道！」

我忍不住聲音急促。原本想盡可能冷靜開口，可是事到如今，難免語氣激動。

代表這項企劃對我，不，對我們而言有多重要。

「研發部……目前相當疲憊。」

我想起大家的表情。也不是沒有人高興，可是所有人都煩惱，難過，更重要的是疲勞不堪。

「阿康就是知道現狀，才提出那項企劃案。我已經告訴他，高層強行縮短了製作期間，但是他拒絕了。社長您應該也知道。」

社長哼笑了一聲。

「他太天真了。什麼勞動環境，居然搬出不知道從哪裡學來的三腳貓知識。還大放厥詞說這就是理想，根本是脫離現實的紙上談兵。沒有考慮的意義。」

「怎麼會……」

在我詞窮之際，社長又補了一刀。

「這是我的公司。如果不喜歡我的作法，就去其他地方上班。不論是你還是阿康都一樣。」

難道這就是曾經和我共甘苦，一起流過淚的上司嗎。

正因為有當時的經驗，或許勸說會有效。我抱著這種想法才來到這裡，但我的賭注似乎失敗了。

「社長……您變了。」

我緊握拳頭。

感覺到骨頭嘰嘎作響。

「自從那一位不在後，您就變了。您曾經說過，我們受到亡靈的束縛，其實受到束縛的是您吧！」

「你說得太過分了，堀井。也不掂掂自己的斤兩。」

嚇得我頓時吞回要說的話。

「你去轉告阿康。要我原諒他的話，就到我這裡下跪道歉，然後保證不再口出狂言。做不到這兩點，我就直接轟他出去。」

中階主管真的，根本不是人當的。

（阿康……抱歉。看來這就是我的極限了。）

第五章　飛梅

進入十二月，共享住宅的生活迎來兩項變化。

首先是貫之。以前他始終不擅長寫架構，如今終於擺脫了困擾，要積極寫作。

這加快了輕小說的出版速度。之前考慮到他還要上課，四個月出一集，現在改成三個月出一集。

提前一個月的差距很大。不只要提升撰寫的速度，還會增加責編、插畫家，當然包括作者本人的負擔。

但貫之依然下定決心。

我不是圈內人，沒辦法提供意見。不過貫之選擇的道路，將來肯定會成為很好的經驗。

志野亞貴則逐漸習慣新的工作速度。

「那麼恭也同學，就寄這幾張圖囉。」

早上在志野亞貴的房間。她手指的畫面上，並列著負責的輕小說特典用插圖。

「嗯，好啊。」

志野亞貴點頭後，在郵件添加上傳檔案的網址，然後寄給責編。本集的工作到此告一段落。

「辛苦啦！妳很努力了呢，志野亞貴。」

我慰勞志野亞貴後，她便伸懶腰發出「嗯～」一聲，

「不過我完全沒事喔。多虧你幫我安排適度的行程表。」

「不會，妳能確實遵守比較厲害。」

我提供志野亞貴新的行程表與工作方式。

從草稿到完工，我將繪製插圖的工序分成幾個部分，讓她在固定時間內完成。事先安排好後，訂製方就能更容易計算交稿日期。製作行程表時也有更方便的依據。

志野亞貴則仔細遵守我的安排。

「那麼在下一集之前，先暫時休息一下。等即將開始我再通知妳，這段期間志野亞貴妳可以放輕鬆一點。」

「真是不可思議～以前畫的時候，老是在懇求能不能延期，現在卻多出了時間呢。」

說著她呵呵一笑。

「現在有充足的時間，就能查查資料，看書的時間也變多了。今後或許可以安排這些時間呢。」

「是啊，畢竟有很多想看的東西吧。」

討論接下來要做的事情後，志野亞貴說想睡個覺。我向她說聲晚安，即將離開房間時，

「恭也同學。」

她忽然叫住我。

「怎麼了嗎？」

「不，其實沒什麼事……不過真是謝謝你。」

即使對突如其來的感謝感到驚訝，

「說這什麼話呢，因為我想看妳的作品啊。這一點小事不算什麼。」

「恭也同學你總是這麼說呢〜」

我依然與她相視而笑，道別後離開房間。關上房門，我吁了一口氣，壓低聲音喃喃自語。

「太好了。看來……可以勉強搞定吧。」

一開始我擔心她的插圖水平。不過看到今天完成的稿件，水準似乎成功突破了及格線。

她的插圖優點不只侷限於構圖與表情。如果加上上色與特效，就能一口氣凸顯特點，營造她的獨特風格。

商品有時間限制。如何在時間內搞定，交出具體成果，關係到能不能以這一行維

生。

志野亞貴的家人，仁先生與小優懇求過我。於是我摸索適合她的方案。如今有了成果。即使還有不足的地方，但只要持之以恆，未來肯定會愈來愈好。

志野亞貴目前發揮得很穩定。

如今完全不會拖延工作。責編也非常開心，還說若能維持這種速度，還會積極向其他編輯推薦。

今後只要愈來愈熟悉工序，委託自然會增加。

「是啊，最重要的是持續這份工作。」

我想起茉平先生說過的話，並且回顧親朋好友的想法。

我們既是創作者，也是過著日常生活的人。如果忘記了這一點，就會逐漸失去正常的生活。

然後我發現到。志野亞貴也理解這一點，並且接受，才能轉變成現在的風格。

那麼接下來要做什麼就很清楚了。就是設法以這種方式拓展志野亞貴的商業路線。

「雖然很困難，但我必須辦到。」

應該還有可以改善的地方。我得仔細想清楚才行。

◇

幾天後在共享住宅的客廳，貫之正興沖沖地打包行李。

「好，那我出發啦。」

他扛起不大的旅行包，向我們揮揮手。

「嗯，路上小心。希望能有好結果。」

「是啊。我會和插畫老師打好關係的。」

大門關上後，輕快的腳步聲逐漸遠去。

「……他也愈來愈有老師的模樣了呢。」

即使吁了一口氣，奈奈子依然有些開心。

決定加快出版速度後，責編便立刻找貫之去東京。

在責編的安排下，貫之要和負責插畫的老師好好討論一番。根據責編的解釋，由於接下來要增加插畫家的工作量，作者肯定也得好好打招呼。我覺得這樣非常好。

目前貫之要上課，人還待在大阪。不過升上大四以及畢業後，我認為貫之可能會回到首都圈。

他原本就在埼玉長大，而且出版社相關公司都集中在東京。所以回去沒什麼奇怪，但我的確也感到有些寂寞。

一瞬間，我原本以為共享住宅恢復了往日的熱鬧。

不過隨著大家的變化，彼此的關係再度逐漸改變。

「貫之很努力呢～我也不能輸給他……呼啊。」

打了小小的呵欠後，志野亞貴起身說「那我先去睡囉」。隨後直接回到二樓的自己房間。由於工作也告一段落，她大量閱讀之前沒看的漫畫與畫集，似乎因此睡眠不足。

我和奈奈子揮揮手，目送她上樓。

「哎，結果又剩我留在原地了嗎。」

奈奈子張開雙臂，呈大字躺在地上，不滿地鼓起臉頰。

「何必這麼說呢，奈奈子妳已經是優秀的創作者啦。」

自從我不直接參與後，奈奈子便非常積極地活動。完全看不出以前畏縮消極的模樣。

不僅積極上傳翻唱影片，充實合作活動。更巧妙避免露臉與在媒體上拋頭露面，她的潛在知名度因而水漲船高。

我猜奈奈子還沒考慮到製作的問題，但依然有良好的結果。這可能就是天生的明星氣質吧，讓我佩服不已。

不過她本人呢，

「歌手嗎……可是我的確還不足以擔起這個頭銜啦。」

明明受到稱讚，她卻似乎不太接受。

「我知道。」

其實我很清楚她的煩惱。

就是原創歌曲。藉由翻唱歌曲走紅的她，自己原創的歌曲數量還遠遠不夠。

「欸，恭也。你覺得要怎樣才能增加原創歌曲？」

「這個……創作的話不就增加了嗎。」

我說得太理所當然，結果奈奈子再度不爽。

「拜託，我就是在問你為何作曲啦。該怎樣才能找到作曲的動機呢。」

沒錯，奈奈子目前缺乏製作原創曲的動機。

不論春日天空，或是影片對決時製作的曲子，都是由我擬定企劃再訂製。訂製時還附有詳細形象與參考用的曲子，所以她應該比較容易創作。

可是現在需要原創曲這個原因，對她而言太籠統了。目前奈奈子尚未踏上音樂這一行，她需要從尋找原因著手。

「恭也你目前在做什麼呢？」

「嗯～沒什麼特別的。在公司整理目前執行的工作進度吧。」

至於我原本想製作的企劃，目前連個具體形式都沒有。畢竟還沒決定要做什麼，只確定要和大家一起創作。如果這麼短的時間就生得出企劃，我何必這麼辛苦呢。

我決定之後再告訴奈奈子。如果現在對她說，無論如何都有可能影響到她的創作。現在我想好好珍惜奈奈子的自主性所誕生的作品。

（不過呢。）

我瞄了一眼奈奈子。

她目前似乎依然煩惱缺乏好的歌曲點子。

（給她一點契機之類也未嘗不可。）

正好我最近面臨的都是沉重的議題，我正想轉換心情。

大學附近非常鄉下，或許離開鎮上去走走也不錯

如此心想後，我向奈奈子開口。

「奈奈子，妳今天有空嗎？」

她半瞇著眼睛瞪我，

「恭也你好壞。我都這樣了，還明知故問嗎。」

從她窩在被爐裡喝茶的模樣來看，的確不忙。

「我正好想去看看最近流行的事物，算是市場調查吧。我打算去看看電影，要不要一起去……」

話才說到一半，奈奈子已經猛然一躍而起，

「咦?現在嗎?馬上出發?」
「嗯,對……我有這個打算。」
我回答她後,她瞬間確認自己的容貌與打扮,
「抱歉,等我一小時,我盡可能梳妝一下!」
「好、好啊。」
話剛說完,她便全速衝向浴室。
不清楚詳細情形,但可以肯定她想去。
「算了,無妨。也打電話聯絡河瀨川吧。」
我原本就想打電話給她。她最喜歡看電影,肯定會從各種角度提供看法,我很想參考她的意見。
所以我聯絡她後,說明目前的原委,
「哎~~~……」
結果她嘆了好大一口氣,
「咦,怎、怎麼了?」
聽到我的反問,
「算了,如今我早就懶得抱怨你有多麼遲鈍。還有天生麻煩精啦,什麼都不作別人就自爆啦,我通通都不想管了。」

「到底怎麼了啊……」

「可是！你也該學會了吧！奈奈子興沖沖準備出門，我哪敢大搖大擺跑來啊！還白目到講『我來看電影喔～好期待喔～』這種話！不會動腦筋想一下喔！」

說完她就掛了電話。河瀨川難得對我大動肝火。

「到底怎麼了啊，又不是約會之類……」

我真的蠢到極點。

這句話一說出口，我才發現奈奈子為何準備，心裡在想什麼。也才知道為什麼河瀨川大罵我一頓。

頓時我冷汗直流。

「我可能差點踩到超級大地雷。」

最近一直在擔心志野亞貴，導致我沒發現。

其實我很清楚，自己早就站在地雷區中間。

「總之在二樓等她吧……」

在奈奈子「準備」完畢之前，我只能乖乖待著。

◇

一如河瀨川的預料，或者除了我這個蠢蛋以外所有人的預料。奈奈子非常認真地

「準備」了一番。

「久等啦！我們出發吧！」

「嗯，好。」

她看起來閃耀動人，我完全被她的氣場驚呆。但我們還是搭上了行駛在田埂中的公車，前往熟悉的近鐵車站。

運氣不錯，電車正好到站，我們快步進入電車。在我一邊確認抵達時間，同時透過手機查詢場次等資訊時，

「咦？之前還在播映的比克斯新作品已經下檔了耶。」

「真的耶，我本來還排在候選清單內。」

那部電影以高度精細的ＣＧ掀起話題，之前我們就打算去看。

「其他電影……沒發現什麼好看的耶。」

現在似乎剛好缺乏奈奈子可能會喜歡，又足夠精采的電影。

「嗯……有其他選擇嗎。」

我不斷換電影院，尋找是否有想看的片名。

商業片不是看過，就是提不起觀賞的興致。獨立影院有些片子吸引我的注意，可是太小眾了，缺乏非看不可的理由。

但我依然不放棄找下去，

「啊。」

說是命中註定好像太誇張了，但我視線正好停在的作品上，

「我有點想看這一部呢。」

正好是以時間為主題的作品。

奈奈子也從旁窺看我的手機畫面。

「穿梭時間的男性活用以前的經驗，為了更好的生活而奮鬥。感動人心的作品……是嗎。不覺得有點普通？」

「不、不會啊，應該也滿精彩的啦……大概吧。」

我覺得好像在描述自己，忍不住幫忙辯護。

「那就看這一部吧！我看看，接下來的放映時間是……」

奈奈子倒是格外乾脆地同意，於是我們決定看這部。

抵達大阪阿部野橋站後，我們走向阿部野電影院。大藝大的學生搭電車就能抵達這裡，所以是最受歡迎的地點。我也來過好幾次，但這還是第一次與女孩單獨前來。

我們買了固定的爆米花與飲料後，坐在並排的座位上。這段時間可能正好觀眾較少，座位顯得稀稀落落。

「欸，恭也，觀眾會不會太少了啊？」

奈奈子壓低聲音，偷偷問我。

「嗯……大概作品不有名吧。」

由於擔心暴雷，我完全沒看觀眾口碑等資訊。

「不過沒關係，應該可以悠哉地欣賞吧。」

「是啊。」

電影院這種地方很吃運氣。如果觀眾都很有禮貌，就有良好的觀影體驗，反之會無法專心看電影。

這次我們身旁都沒有人，應該可以放心觀賞。

（在另一層意義上，反而可能有點緊張呢。）

我瞄了一眼身旁。

「真是期待～好久沒看電影了呢。」

不愧有花時間好好準備，奈奈子比平時更加可愛。

為了她的名譽，我得先聲明。奈奈子平時在家裡悠哉時也可愛的讓人著迷。如此可愛的女孩卯起來時髦打扮，我當然會發現到。

（她怎麼會看上我呢……）

我知道過於自虐對她很沒禮貌。可是我一直以為這麼可愛的女孩會喜歡我，是不是哪裡出了問題。

「啊，要、要開始了呢。」

「哦，那我關掉手機吧。」

劇場燈光變暗，正式開始放映。

一如事先查到的資訊，作品的主題是回到過去與重製人生……男主角與女主角談戀愛。

可能想拍成簡明易懂的娛樂作品，劇情似乎以浪漫愛情為主軸。我原本想看的重製元素卻沒什麼著墨。

不過對於真的穿梭時間的我而言，許多部分看起來很有趣。

我尤其感興趣的，是帶著記憶回到過去。

男主角保留了天災或賽馬結果等記憶。只要帶這些記憶回到過去，就能大大改變人生。

因此男主角賺了很多錢，當然也因此惹出了麻煩。

（話說我絲毫沒留下這方面的記憶呢。）

不用回想都知道，我帶回二〇〇八年的記憶頂多只有經歷過的個人體驗。還有娛樂方面的趨勢，以及一些知道也沒什麼影響力的雜亂知識。

我當然不記得天災或與賭博有關的事情。只有看到某條新聞後，才想起來「話說好像發生過這件事」而已。

其實我也不知道為何要限制這些資訊。

（說不定這方面有什麼玄機。）

貫之受挫，隨後我回到了未來。

我猜過程中可能發生了什麼，但現在偏偏少了關鍵的記憶。

有朝一日需要這些記憶時，多半會想起來吧。

電影逐漸進入高潮。

主角在重來的世界沒有掀起翻天覆地的改變。不過與女主角的關係穩定發展，雖然結局很平凡，卻十分乾脆俐落。

「嗚嗚～好棒喔……嗚嗚～」

我看向一旁，發現奈奈子似乎相當感動。

（與時間相關的劇情都很有戲劇性呢。）

即使我自己就是當事人，我卻彷彿事不關己地觀賞眼前的電影。

◇

電影結束後，我們進入附近的咖啡廳，開個小小的感想會。

「電影真有趣～觀賞前說電影很樸素，感覺過意不去呢。最後那一段我真的哭了呢～」

奈奈子看得相當值回票價。

「這種主題很不錯呢。會讓人思考自己如果有機會重來，會做出什麼樣的選擇。」

我也看得十分開心，所以同意奈奈子的觀點。當然我自己就是當事人，講這種感想可能會讓人覺得我很厚臉皮。

奈奈子開心地把玩飲料的吸管，

「我找到自己想創作看看的曲子了。」

同時這麼說。

「當然我現在走的這條路是僅有一次的人生。不過想到將來有一天，做了某些事情後人生重來一遍，就覺得很有趣呢。」

「哦……很有趣啊。」

奈奈子這番話正好就像平行世界。

「真是不可思議的感覺。我現在不僅製作曲子，還和恭也你聊天。不過我卻曾經夢到自己一直在老家繭居不出呢。」

聽得我有些心驚。

因為我在那個未來看過類似這樣的她。

「不過在老家的我也非常喜歡唱歌，其實也不怎麼難過。可是身處的情況與現在相比，大概是幸福的品質有差異吧。所以我想為許多這樣的自己唱首歌。」

聽得我很開心。

奈奈子已經能靠自己想出點子了。

以前一提到世界觀或設定，她總是百思不得其解。現在則積極嘗試表現自己的世界觀。

我覺得她也算是真正獨立單飛了。

（不，該不會也有相反的模式吧？）

以前我是在自己建立的企劃中，適當地填充大家的元素。

不過現在，奈奈子與貫之都開始架構屬於自己的世界。

「話說奈奈子。」

「嗯～？」

她眼神筆直地注視我。

讓我覺得她充滿了自信。

「我有個提議。讓妳做的曲子更加充實，變成一篇完整的故事……不覺得這樣很有趣嗎？」

「啊……」

奈奈子的表情似乎察覺到我的意思。

「所以奈奈子，妳先創作自己喜歡的曲子。貫之再以此為基礎填充世界的內容，最後再由志野亞貴與齋川畫圖表現出來……」

這番話連我自己都愈說愈興奮。

「這樣肯定非常棒又有趣……哇！」

在我話說完之前，奈奈子便緊緊握住我的手。

「拜託，恭也你真是天才!!這樣超棒的！當然好啊，我會努力作曲的!!」

「嗯，那就決定啦。」

能提供奈奈子創作的提示，真是太好了。

「哎呀，不過這麼一來，恭也你要做什麼？」

「咦？噢，我啊，呃……」

為了設法提高大家的自主性，我沒想到自己的定位。應該說我還想盡可能降低自己的存在感。

「沒關係，恭也你會像平常一樣，好好幫忙大家吧！」

「噢，對，沒錯，就是這樣。」

沒錯，這才是我該有的定位。

大家負責製作主體，而我則支持大家。

（看來會是相當困難的企劃。）

這個企劃沒有具體的目的，而是為了培養創作者。我現在才知道門檻究竟有多高。

「我啊。」

奈奈子忽然平靜地開口。

「雖然覺得創作很辛苦，但還是覺得一定要努力才行。」

「為什麼會這麼想呢？」

她露出有些寂寞的表情，

「不久之前，以前在老家照顧過我的人過世了。人還很年輕，走得很突然。」

原來奈奈子的身邊發生過這種事。

「所以我才發現，忍著不做自己想做的事情，或是自我設限，其實一點意義都沒有。難得有創作的機會，就得全力以赴才行。所以之前沒辦法創作原創曲，其實我非常不甘心。」

然後奈奈子露出開朗的笑容。

「我不想再騙自己了。」

一瞬間，她的笑容與志野亞貴的容貌重合。

（……咦？）

我立刻想到自己為何會有這種疑問。

子。

「是啊，得努力才行。」

「沒錯！就是得全力以赴!!」

奈奈子說得很輕鬆。但是我知道她之前真的非常苦惱，同時打從心裡期待創作曲子。

創作者沒辦法待在工廠的流水產線上，自動生產作品。

（畢竟生命只有一條，人生只有一次。）

我看著行走在馬路上的人群，以及川流不息的車輛，心裡同時思考。

如果不發揮自己能力的極限，就無法誕生任何好作品。

如果創作者不拚命，就無法感動觀眾。

（可是這與茉平先生的想法背道而馳……）

這是一股巨大的矛盾，以及試圖抗衡的熱量。

我感到某種難以言喻的事物從身體的深處湧現。

◇

結果我和奈奈子在車站分頭行動。

「我想去逛一逛各處。看能不能收集到一些適合作曲的好點子！」

心情愉悅的她想到處逛逛，為了新曲尋找靈感。我當然不會阻止她，於是面露笑容目送她離去後，搭乘近鐵返回共享住宅。

在電車的搖晃中，我回想剛才的對話。我純粹對奈奈子的成長感到高興，她終於開始意識到創作世界觀了。如果順利的話，她在編寫原創曲的時候肯定能減少許多迷惘。

「貫之與奈奈子……都不需要擔心了吧。」

這句話反過來的意思是，還有人需要擔心。

可是我還無法理解。畢竟實在太籠統，我一直以為只是對未知的事物感到不安。志野亞貴目前很認真地工作。即使工作內容暫時讓我不放心，可是她後來確實不斷提升品質。她的確減少耗費了在作品上的時間，但這是必須的改變。

為了家人，也為了她自己。

在我反思這句嘀咕了許多次的話時，事先調成震動模式的手機突然震動。我以為是來電，

「咦?有郵件。」

結果是一封新郵件。還不是簡訊，而是從一般的電腦郵件轉寄的訊息。是誰寄來的呢，有可能是志野亞貴的責編。由於我連外出時都想確認工作相關的郵件，所以設定成自動轉寄。可是除此之外我想不到別人。

但是寄件人卻出乎意料，是我認識的對象。

「是齋川寄來的。」

她很少用郵件聯絡我。大多都是打電話或透過手機簡訊，只有工作的時候才會這麼鄭重其事。

「她有什麼事呢。」

我閱讀郵件內容。

內容很簡潔。她說想與亞貴學姊聊一聊，問我能不能陪她。

信中提到日期與時間，還請我列舉其他備選的日期。這封詢問對方行程的郵件非常普通，而且語氣禮貌。

（嗯……？）

看得我一頭霧水。其實這件事情透過手機或簡訊就能搞定。她之前問過能不能直接連絡我，如果是指這件事的話，也太小題大作了。

尤其我身邊並未發生什麼變化。齋川還是一樣努力，志野亞貴也終於逐漸習慣新的工作方式。

「齋川她有什麼目的啊。」

既然不知道她的想法，我就無法發表意見。但她絕非會毫無目的這麼做的人，我猜肯定有什麼事。

在我想像得到的範圍內完全沒有頭緒。我只得先回答她，當天我可以陪同，並且詢問究竟有什麼事情。

按下寄信件後，我抬頭仰望。

近鐵的車廂內一如往常。年關將近，林列著許多預訂年菜與新年參拜的相關廣告。

每次抵達車站，灌進車廂內的寒風就冷得我身體發抖。不過座位的暖氣讓我逐漸進入舒適的夢鄉。

◇

幾天後，與齋川約好的日子很快來臨。

「不好意思，特地勞您在百忙中撥出時間。」

齋川準時在約好的時間來訪，面對在共享住宅等待的我們。

「沒關係啦。好久不見了，美乃梨～」

志野亞貴的聲音一如往常，

「嗯……好久不見。」

齋川則表情有些緊張，低頭鞠躬致意。

一開始還考慮過大家約在某間店。畢竟難得見面，還可以順便吃頓飯。

可是齋川鄭重婉拒了。她要求地點必須在共享住宅，或是某間會議室。不只如此，她還要求當天奈奈子與貫之不在場。

湊巧某一天兩人都不在家，所以我配合這天擬訂計畫。但我實在忍不住去想，氣氛明顯與平時不太一樣。

總之我們一如往常坐在客廳的被爐桌旁，我幫所有人泡了茶。齋川以前短暫住在共享住宅時用過的馬克杯還留著，我用來端茶給她。

在我煮開水而起身的時候，我背對被爐桌。齋川與志野亞貴正好一對一面對彼此。

「亞貴學姊。」

「嗯？」

在簡短交談後，齋川從帶來的包包取出幾張歸檔過的紙，排列在桌上。

「這是……」

是前幾天志野亞貴剛交稿的彩色封面。

由於是店鋪特典，公開的圖片上頭印著半透明的『樣本』字樣。另外為了防止盜版，解析度也不高。我們面前這幾張圖片的像素點就很明顯。

但是齋川特地將小圖印滿整張Ａ４紙。

她對這些插圖有什麼意見嗎？應該說肯定有，否則不會特地這麼做。

我連茶都忘記泡，站著注視齋川。連志野亞貴都在等待她的下一句話。

齋川深呼吸兩三次，反覆想說話卻欲言又止，最後終於說出口。

「這些插圖……是亞貴學姊畫的吧？」

一瞬間，我感到一股電流流竄現場。

「咦……齋川，妳的意思是……」

其實我已經知道她這句話代表什麼意思。

可是我依然心存幻想，希望她別一語中的。她這句話多半與我前幾天感受到的蹊蹺一樣。因為我曾經否認排除其他可能性，最後得到的可信結論。

志野亞貴該如何回答她的問題呢。雖然我很害怕聽見答案，但我依然聽到她的聲音，視線彼端見到她的容貌。

她的臉上沒有表情。

臉上絲毫沒有透露內心想法，志野亞貴開口表示。

「嗯，是我畫的畫。」

聲音還是一樣柔和。

可是我發現，她說這句話的音調與平時不太一樣。

不知道齋川早就料到志野亞貴會這麼說，還是出乎意料，

「是……是這樣啊。」

發現是事實後，齋川深呼吸一口氣，

「亞貴學姊……您到底怎麼了？」

她質疑的聲音帶有千思萬緒。

「咦……？」

聽到齋川的回答出人意表，志野亞貴感到困惑。

「難道這就是亞貴學姊的畫嗎……」

「……」

我不由得屏息。

簡單的一句話，卻戳中我最深的痛處。

沉默籠罩在共享住宅中。

「我一直看著亞貴學姊的作品。」

齋川平淡地開口。

「亞貴學姊一直很拚命，比我想得更多，更前衛。繪畫也具備無與倫比的力量，所以我希望盡可能追上學姊……才會獨自一人努力……」

只見她一瞬間仰面朝天，顯然在隱忍某些事物。

「請您……看看這些。」

然後齋川又從包包取出另一個檔案夾，放在桌上。
堆積如山的紙張攤開在桌上，裡面有幾張應該是她繪製的插圖。
「齋川，這是……？」
我拾起其中一張圖，話講到一半頓時啞口無言。
老實說，這些圖遠遠超越了我的想像。
有奇幻、蒸氣龐克、科幻，以及現代風格。精細繪製的插圖不分類別，多采多姿的世界觀相映成趣。
不只完成度極高，我最驚訝的是獨特性，以及精確掌握立體空間。從2D插圖轉換成3D數據是接下來繪畫界的重點之一。她在這一點已經展現堪稱完美的適應力。
而且她並未止步於此。從特效，劇情，以及色彩，她在各方面都進步了好幾個階段。
「由於九路田學長的企劃尚未啟動……我心想自己得採取行動，所以畫了這些圖，打算向遊戲公司毛遂自薦……」
想法出奇，下過苦功，數量又驚人。這些作品彷彿迎面而來的熱情結晶，從紙張朝四面八方飛散。
宛如順著之前走過的道路，齋川繼續開口。
「之前製作動畫的時候……我感覺亞貴學姊摧毀了我以前創作的所有作品。見到亞貴學姊的作品，我受到極大的衝擊。彷彿聽到『妳的作品只有這種程度嗎？』這句話，一腳將我踢回原點。」

她說的是藍色星球。以輾壓性的描繪力與密度大大震撼了我們，甚至是世界。連齋川也受到相當大的衝擊。

記得首映會當天，她看得不停哽咽，點頭稱讚。我至今依然清晰記得她當時的感言。

她很慶幸喜歡志野亞貴。

也很慶幸喜歡志野亞貴的畫。

「我想盡可能追上學姊。所以才離開這個舒適圈，想獨自面對繪畫。我原本以為不這麼做，就會與亞貴學姊的差距愈來愈大……」

正因為當時大受衝擊與感動，如今她才感到困惑，並且差點失望。

齋川拿起手邊的紙張。上頭印著她曾經憧憬的對象畫的圖。

可是凝視這張圖的齋川，眼神充滿了悲傷。

「這張插圖很漂亮。很漂亮……可是並非我原本的目標，亞貴學姊的作品。這些畫不僅沒進步，反而開了倒車……我、我以為自己一直注視學姊在前方的背影，才會努力至今……！」

斗大的淚珠在她的眼中打轉。

但她強忍著，始終不讓眼淚流下來。

「抱歉，我本來不想對亞貴學姊這麼說……可是，可是，見到插圖出版的那一刻，我覺得自己非說不可。所以……」

然後對我們露出充滿悲傷的表情。

「我知道亞貴學姊之前弄壞身體，當然也很擔心她。我希望亞貴學姊身體健康……可是，可是我不希望這是正確答案……」

她反覆搖頭。然後閉起眼睛低下頭去，彷彿不讓我們見到眼裡的淚水。

志野亞貴一直沉默不語。她完全沒有回應齋川吶喊的意思。

「齋川……」

丟臉的是，我也完全無法回答。我無法對齋川發自靈魂的吶喊動之以理。

我做不到。其實我可以說出很多工作上的原因，或是大人的理由。但我當然不會笨到以為這些藉口能打動當場吐露心聲的她分毫。

不久齋川抬起頭來，露出犀利的表情後起身。

「……今天我是抱著永別的覺悟才來的。」

這句話宛如震撼彈，聽得我忍不住發抖。

「我贏過亞貴學姊，而且遙遙領先。我面對自己，學到了如何表達。雖然我不希望以這種方式結束，可是我……」

宛如拋開迷惘，

「我會繼續畫畫。因為我最愛的就是畫畫。」

齋川強烈表示。

御法彩花，就此誕生。

她的武器是僅憑身體與意志，勇敢前行的堅強。

之後齋川一句畫也不說，默默拿起包包。然後再度露出難過，彷彿強忍某些情緒的視線望向我們。接著，

深深低頭鞠躬，離開共享住宅。

（怎麼會這樣……）

為了讓志野亞貴振作，我培養齋川當成志野亞貴的對手。這種想法實在太膚淺了。

理所當然，她也是具備強大潛力的創作者。志野亞貴受到她的影響而成長，她也同樣看著志野亞貴成長。結果兩人現在的立場以這種形式扭轉。

即使我深刻感受到自己的愚蠢，依然覺得必須想想辦法。

「志野亞貴。」

我喊她的名字，想問問她有什麼打算。

可是，

「抱歉，恭也同學。」

她仔細收集留在桌上的畫。

這些是齋川留下來的，她們兩人的作品。

「我想一個人靜一靜。」

說完她便靜靜走上二樓。

「志野亞貴……」

我只能呼喊她的名字。

這一刻，我終究對她無能為力。

沒有其他人的共享住宅客廳，安靜得離譜。

只有時鐘指針的聲音，嘶嘶作響的茶壺與我的呼吸聲。

◇

之後過了三天。

我來到客廳與奈奈子和貫之討論。

「是嗎，原來她還記得洗澡和吃飯啊。」

奈奈子對鬆口氣的貫之深深嘆了一口氣。

「是我勸她勸了老半天，她才去洗的啦。連我問她要不要吃飯，她也說一顆飯糰就好。我問說要不要幫她泡麵，她都說不用了……」

「是嗎……總覺得很拚命啊。」

貫之手扠胸前，仰頭朝天。

之後志野亞貴幾乎沒有開過口。

她幾乎整天待在自己房間，不知道究竟在做什麼，心裡在想什麼。不論我、奈奈子或是貫之，任何人向她打招呼，她一律回應「抱歉喔」。完全沒有任何表示。

「原來她和齋川之間發生過這些事啊……真讓人驚訝。」

總之我先告訴奈奈子與貫之事情的經過。

「這問題很麻煩呢，齋川其實也是為了志野亞貴著想。」

「嗯……是啊。」

我也點頭同意貫之。

齋川純粹基於自己的心情行動。而且是出於對志野亞貴深沉的愛。

「就是這樣。如果志野亞貴有任何變化，希望你們隨時告訴我。要求你們幫忙有點過意不去，但是拜託你們了。」

兩人都面露笑容回答我的期望。

「別在意，畢竟是為了志野亞貴啊。」

「希望這能成為良好的契機。不，志野亞貴肯定不要緊的。」

聽到這番話多少讓我寬心，但我依然充滿了不安。

前幾天齋川那番話肯定打擊到志野亞貴。這一點可以確定。我也知道只能等志野亞貴重新振作。

可是隨著時間經過，不見得一定會帶來正向的解決方法。

她有可能一直煩惱齋川說的話，白白讓時間流逝。

說不定會反覆思索之前發生的事情，改變對繪畫的看法。

然後……其實我不敢去想，但她有可能放棄繪畫。

（結局難道會變成這樣嗎……？）

我想起自己穿梭到未來的記憶。

諷刺的是，當時志野亞貴決定再度提筆的動機就是御法彩花，也就是齋川。

想不到在這個世界會出現完全相反的結局。

（這樣……實在太悲傷了。）

無計可施的我，心中懊悔不已。

現在只能祈禱志野亞貴能回心轉意。

◇

即使過了一星期，志野亞貴的情況依然沒有變化。

多虧奈奈子維持最低限度的問候，不用擔心她的身體。但至今我依然不知道志野亞貴精神層面的情況。

我也定期向她打招呼，但她只回答我『現在暫時不方便』。什麼也談不了，讓我心煩意亂。

眼看我實在無能為力，心情泰半消沉的傍晚時分。

手機突然響起。

「──我是齋川。」

螢幕上出現的名字，竟然是身處風暴中心的她。

雖然不能不接電話，但老實說，我真的不知道該說什麼。即使猶豫，我依然在手機響了幾聲之後按下通話鍵。

「……喂。」

簡短回答後，

「上星期……很抱歉。」

齋川開口第一句話就是道歉。

「別這麼說。我才該抱歉，我什麼都說不出口。」

在場的我本來就該調解兩人，或者該說緩頰。

結果我什麼都做不到。

「不……因為我說了難以啟齒的話。話說亞貴學姊在嗎？其實我一直在思考。雖然過了這麼久，但如果能找學姊談談，我現在就過去……」

我有點猶豫該不該告訴她。

齋川肯定擔心志野亞貴，會採取某些行動。

可是一想到如果齋川事後才知道這件事，心裡會怎麼想，

「志野亞貴她……」

我認為告訴她比較好。

「她幾乎沒有離開過房間。雖然有最低限度的起居，卻幾乎沒和大家說過話。」

「咦，從那一天就一直這樣？」

一瞬間我支吾其詞，

「嗯。」

然後給予肯定答覆。

「…………」

我聽到電話另一頭傳來屏息的聲音。

一如我的想像，她似乎受到打擊。

「這不是妳的錯，齋川……」

我話說到一半，

「學長，很抱歉，我現在就過去。」

齋川便告訴我，隨即切斷電話。

「齋川……」

她的行動一如我所料。我的擔心果然成真。

但其實我也希望她來。因為我認為她肯定能和志野亞貴對話。

我開不了口的事情，或許她能辦得到。

賭賭看吧。

◇

不久後齋川便抵達共享住宅。簡短與奈奈子和貫之打招呼後，迅速和我上二樓。

「有機會和學姊談談嗎……？」

我略為點頭，肯定齋川的問題。

「不過交流都極為簡短。我如果主動開口，她只會回答我『現在不方便』。」

「是、是嗎。」

齋川的表情逐漸緊繃。
我們站在志野亞貴的房間前。
我輕輕敲了敲門。
「志野亞貴，齋川來了。」
平時應該至少會回答，現在卻沒有反應。
我默默向齋川點頭，將場所讓給她。既然她沒回應，就當作她在聽吧。
「……亞貴學姊，您有聽見嗎？我是齋川。」
齋川隔著房門向志野亞貴開口。
「亞貴學姊明明有自己的苦衷……我卻單方面對您說了重話。我認為必須道歉才行，聯絡橋場學長後，得知您似乎一直關在房間。所以我才會忍不住前來，很對不起。」
深切懇陳的每一個字，彷彿也刺中了一旁我的內心。
「能不能讓我和您談一談？拜託您。」
但即使齋川訴之以情，房門另一頭卻始終毫無動靜。
「學姊……」
齋川向我露出難過的表情。
「別擔心，冷靜一點。」

我安慰齋川後，將耳朵貼在房門上。

從剛才她就毫無反應，讓我一直很在意。一開始我以為她在保持沉默，聽我們說話，但似乎並非如此。

一如預料的聲音傳入我的耳朵。

「她應該……睡著了。」

微微傳來「呼~呼~」的呼吸聲，以及窸窣的聲音。

知道她不是故意無視我們，我鬆了口氣。

「……是不是等學姊醒了再來比較好？」

即使齋川小聲詢問，

「不，我也有點擔心她，看看情況吧。」

平時我絕不會這麼做。但我實在很想知道她的情況，於是我下定決心，伸手轉開門把。

（志野亞貴到底怎麼了呢。）

這幾天她究竟怎麼看待那件事，到底想做什麼，答案都在門的另一側。

然後我開門一瞧。

頓時屏息。

志野亞貴畫畫時總是關掉房間的燈。不知道是她的習慣，還是集中精神的儀式，總之她一直如此。

現在她的房間一片黑漆漆。螢幕的光線勉強照亮地板，只見地板上有數不清的白色物品。

志野亞貴就在這片白色物品正中央，發出酣睡聲神遊夢鄉。

身體似乎沒有明顯異狀，讓我暫時鬆口氣。同時我望向她身邊的白色物品。

「這些，是紙嗎？」

我們走進房間。腳下嘶嘶作響，傳來踩到東西的感覺。

「橋、橋場學長，這是……」

齋川發出驚呼，將手中的紙張交給我。

「這是……！」

一看到紙張，我也頓時驚訝一喊。

數量驚人的紙張鋪滿了地板。這些全都是鉛筆描繪的草稿。

畫在紙上的角色與組成元素都有一定的共通點。我立刻想到這些草搞的內容。

「是輕小說的插圖。」

那些插圖當天被齋川批得體無完膚，說不配叫做志野亞貴的畫。

如今那幾張圖從構圖完全重畫，畫在紙上的草稿鋪滿了附近的地板。

這是志野亞貴聽了齋川的話後，採取行動的結果。

「完全不一樣……簡直是不同作品了。」

聽到我的意見，齋川也不斷用力點頭。

「的確是呢……」

這些圖並非單純畫出來而已。從構圖，表情，每一張圖的所有元素都鮮明的讓人驚訝。而且完全不像別人的畫，充滿活靈活現的魅力。想舉例還舉不出例子，真要說的話，

「這些是……亞貴學姊的畫……」

齋川雙手緊緊捧著志野亞貴的畫，眼睛泛起淚光，說出最適合的形容詞。

沒錯，志野亞貴的畫只能以志野亞貴的畫來形容。不像他人的作品，卻也不會過度前衛，受到許多人的喜愛。

「對不起，亞貴學姊。我之前做了很過分的事，您要和我絕交也無可奈何。可是，我、我……」

齋川小心翼翼地緊摟志野亞貴的話。

「我還是最愛亞貴學姊的畫……」

說到這裡，齋川哭得泣不成聲。前幾天強忍著沒流下的淚水，今天終於再也止不住。

我輕拍齋川的背，然後望向安詳沉睡的志野亞貴容貌。

她以自己的方式重視齋川說的話，以及繪畫，才會這麼做吧。

雖然很笨拙，卻是極為誠實的選擇。

（難道我的選擇，害志野亞貴失去了自我嗎。）

見到呈現在面前的奇蹟，我懊悔自己的決定。

如果沒有齋川的話……我不知道志野亞貴將來會怎麼樣。

憑藉價值觀很難決定怎樣比較好，怎樣不好。但至少以志野亞貴創作的畫這種觀點來看，

（我讓齋川背負了龐大的責任呢。）

她比任何人都深愛志野亞貴，以及志野亞貴的作品。多虧有她。

才能避免志野亞貴失去自己的作品。

「咦……？」

突然。

剛才徜徉在白紙夢海中的志野亞貴起身，打了個呵欠。

「恭也同學，美乃梨，你們兩位怎麼了嗎……」

似乎不知道發生了什麼事，志野亞貴的聲音一如往常溫柔又婉約。

「亞貴學姊……!!」

「咦，欸，怎麼了嗎，美乃梨？」

齋川撲過去摟住志野亞貴，在一臉困惑的志野亞貴身旁嚎啕大哭。我面露微笑注視這一幕，同時深刻體會自己的力量在她們之間有多無力。

創作者激發的力量，不是他人能控制的。

我明明應該知道這一點，怎麼會忘記呢。

◇

之後齋川下跪道歉，志野亞貴安慰她。然後我提議機會難得，乾脆一起出去吃頓飯，於是我們出門前往大學附近的餐廳。

很可惜奈奈子與貫之另外有事，沒辦法參加。不過齋川一人說了將近三人份的話，還包辦了食物，或許剛剛好吧。

然後，

「感謝招待！我會努力的！亞貴學姊，橋場學長，敬請期待我接下來的成果吧！」

她活力十足地揮揮手，然後消失在夜色之中。

我們也揮手目送他離去，

「……那我們回去吧。」

「嗯。」

跟著踏上回共享住宅的路。

志野亞貴走在前方，我跟在後方。

我們總是這樣走。

年關將近，從山上吹下來的風非常冷。話說先前與貫之一起從醫院走回家的時候，路上在下雪。

天氣這麼冷，多半有其他地方在下雪。雪景很美，但寒意肯定相當刺骨吧，我心想。

藝大附近的道路人行道非常窄，導致十分難走。但我們不以為意，一直默默走著。唯有今天沒有車輛與行人，彷彿這條路上只有我們兩人。

走了一段路。不知道第幾次強風吹在身上，等風勢平息之後。

「恭也同學。」

志野亞貴突然開口。

「抱歉讓你擔心了。」

「別放在心上，妳應該一直很難受吧。」

齋川的話不僅突破了她，也突破我的心理防線。

對創作者的言語刺激，只能靠創作者自己解決。

這次志野亞貴能採取的手段只有一種，就是創作。任何空洞的言詞都無法傳達給對方。

所以她不顧自己身體健康，拚命繪畫。最後的成果勝於任何雄辯。

志野亞貴之前的工作沒有注入靈魂。結果直接反映在作品上。

所以齋川才會發現。

我的身體感受到比氣溫更低的寒意。在我即將開口關心之前，

「不會，我沒事。」

背對著我的志野亞貴回答我。

照理說她不可能完全沒事。

又是一段沉默。然後志野亞貴再度主動開口。

「之前我不是帶你回老家嗎。」

「嗯。」

「其實我……真的很喜歡畫畫。」

「喜歡」這兩個字聽起來格外特別。

然後她開始告訴我工作室的事情。那是個神奇的空間，彷彿只有那個地方獨立於全家以外。

「我在工作室看到媽媽畫的畫，彷彿就能穿梭到不同的世界。這是我最喜歡的。所以我也想憑自己畫畫，前往喜歡的世界。」

志野亞貴在繪畫中旅行。

這並非對母親的憧憬，而是進入自己世界的契機。

「媽媽一直在畫畫，不顧別人勸阻一直畫。即使生病了也畫，就這樣往生了。爸爸和小優都很難過。」

說到這裡，志野亞貴頓了半晌。

「可是，其實我有一個祕密，絕對無法告訴家人。」

然後以寂寞至極的聲音開口。

「其實我很羨慕媽媽能一直畫畫。」

「…………」

聽得我啞口無言。

原來我一直誤解了她。

之前我一直以為志野亞貴透過畫畫見到母親。以為她想透過相同的方式，吸收母親思考過的世界。

結果這只是我膚淺的妄想。

志野亞貴從很久以前就在建構屬於自己的世界。

所以比起見不到母親的寂寞，她更羨慕堅定不移，矢志不渝的母親。

她會帶我進入母親的工作室，或許是想讓我見識她的業障。

意思是她已經做好了覺悟。

結果我卻提出錯誤的建議，沒有徹底了解她的覺悟，以及業障。

才會害她迷失了道路。

「抱歉，我沒能了解妳。」

志野亞貴說了聲「不」。

「恭也同學你也非常為我著想啊。和爸爸與小優好好談過，仔細思考，然後提出解決方案。最重要的是，連我自己當時也覺得這那樣很好。」

她呵呵笑了一聲。

「結果那種做法卻不行呢。因為……沒有傾盡任何事物。」

這句話大大震撼了我。彷彿射穿了我的心臟，然後用力抓著搖晃。

我明明知道這一點，卻依然以為能巧妙安排。但志野亞貴剛才這句話已經表達了一切。

她什麼也畫不出來。

因為沒有傾盡任何事物。

她這句話同時代表兩種意思。

這句話既是指她，也在指我。

「這次換我在後面追趕美乃梨了。要怎樣才能超越她呢。」

聽得我打了個冷顫。

她已經做好了奮戰的準備。

（我的個人主義從一開始就微不足道。）

志野亞貴身處深沉的業障之中。

齋川也一樣。

不，連貫之和奈奈子都是。所有擔任創作者締結契約，創作作品的人，都背負同樣沉重的業障。

在自己內心持續奮戰的艱辛，化為黑暗落在每個人的肩頭上。

除了我們的腳邊以外，夜晚的黑暗染黑了一切。彷彿連聲音都吸收的黑暗空間中，只有志野亞貴看起來宛如在發光。

見到她走在前方的身影，我偶然想起某人說過的話。

『歡迎回來，主角。接下來又要面臨地獄啦。』

雖然我完全忘記是誰，為了什麼而說過。

原來如此，這裡就是地獄啊。

我目睹所有朋友前往戰場，不再是自己朋友的瞬間。

這的確是不折不扣的地獄。

從絕望的未來回到過去時，我不是發過誓嗎。

發誓絕不忘記。我與九路田對決，一切行動只為了創作出最棒的作品。

可是不知不覺中，我又開始天真地幻想。

結果就是之前的輕小說插圖。

我的腳在顫抖。因為這條黑夜的道路將一路通往地獄。

「恭也同學，其實啊。」

志野亞貴停下腳步。

「我即將孤獨一人，所以——」

她回頭望向我。

「希望你陪在我身邊。」

這句話不是表白。

反而正好相反，象徵著訣別。

她背叛最鍾愛的家人，選擇修羅之道，踏入表現這個沒有答案的世界。這句話顯示了她的覺悟。

也是邀我一起下地獄的契約。

這一瞬間，怪物終於發現自己是怪物。

「……那當然。」

「嗯，謝謝你。」

此時又颳起一陣強風。

她的柔軟秀髮迎風吹拂下，臉上的表情一瞬間消失。

待風勢停歇後，站在前方的志野亞貴已經不再是我曾最喜歡的女孩，而是秋島志野。

她下定決心，以創作者的身分面對業障。

悄然無聲。白色的事物輕盈地從天空緩緩飄落，多到足以覆蓋四周。靜靜落在四周堆積的景象，讓我覺得彷彿不存在於世界上。因為這一幕實在太夢幻，宛如看準了時機般。

大概是上天賜予的禮物吧。希望能在瀅瀅白雪中迎接這場訣別，而不是淚水般的細雨。

我差點流下眼淚。但我拚命強忍。

「今後請多多指教喔，恭也同學。」

「妳也是，志野亞貴。」

終章　早晨的表白

過完年後，二〇〇九年上班的第一天。

「你竟然會主動找我，真難得呢。」

這裡是得勝者軟體的會議室。今天我面對尊敬的對象，下定決心後開口。

目前還沒有任何人抵達公司。我看準上班之前的時間，勞駕他前來一趟。

由於知道彼此都十分忙碌，這是唯一的時間。

「不好意思占用了您的時間。」

「沒關係。所以你有什麼事情要找我？」

一瞬間，我猶豫該如何開口。

老實說，這件事情很難啟齒。

可是關於這件事，繼續騙他反而更讓人難受。

所以。

「關於前幾天那件事……我決定選擇與您的想法不同的道路。」

我坦率開口，完整說清楚。

茉平先生的表情沒有變化。我原以為他會更加驚訝，或是惋惜，但他還是一如往常。

「能不能告訴我詳細的原因呢？」

取而代之，他以平時平靜的口氣詢問我。

「嗯，我會告訴您。」

今後我應該會堅定立場，不會再改變意見了。

所以這番話也是我的方針，表明今後我要怎麼走。

我從十年後穿越回到過去，重製人生。

付出這麼大的努力才抵達的目標，如今就在我的面前。

「茉平先生的想法，也就是營造創作者的環境非常重要。」

「謝謝你的稱讚。原來你贊同我想法的這一部分呢。」

我點點頭，然後繼續開口。

「可是管理太徹底，變得像工廠流水線一樣就並非我的本意。」

他的意見非常極端。

在他看來，只要為了自己的理想，甚至可以侵蝕創作者的本質部分。他甚至斷言，為此可以不惜推翻整個企劃。

「作品究竟該怎麼創作呢？」

「為何又要問我這個問題？」

茉平先生反問我。

「以工業製品舉例的話，要製作工序，擬定指南，再依照指南安排機械與人員。」

即使會發生機械故障與人為失誤，但只要工序能完整運作，物品就會自動在事先算好的時間內完成。

「如果無法運作，那就重新審視工序、調整機械或培養人員即可。」

「你說得沒錯。我想實現的目標就是這樣——」

他說到這裡的時候，我插了嘴。

「可是製作遊戲，不，在創作者的工作現場，這樣真的是最好的答案嗎？」

茉平先生的表情略顯扭曲。或許這是我和他打交道以來的第一次。

「比方說插圖。草稿畫歪了可以修正，服裝設計如果太老舊，可以靠參考資料改善。」

「沒錯。有些部分不只依靠設計者的感覺，進一步列表細分就能降低不少勞力。」

「問題是點子，從無到有的部分該怎麼辦呢？」

「只要增加參考資料，以及集思廣益的人數……」

茉平先生說到一半，我搖頭否定他的話。

「或許能達到一定程度的水平吧。囊括多人的意見，從中萃取精華，就能整合出獲得過半數人支持的結果。」

「這樣很好啊，有什麼問題嗎？」

我想起志野亞貴，以及齋川這兩位創作者痛苦掙扎後才誕生的作品。

「這種流水線式的作品，根本不是一位創作者拿出真本事的對手。」

我難得想起這個詞。

這句話讓裏足不前的奈奈子奮發振作。讓差點放棄創作的貫之重新提筆，也讓志野亞貴脫胎換骨。

真本事。

是氣力的凝聚，生命的結晶。能讓人平時具備的力量增幅好幾倍。

我肯定不會忘記透過真本事誕生的眾多奇蹟。

「創作者是一群很奇怪的人，他們沒有辦法計算。無從得知會想出什麼，什麼時候想得到。他們的工作就是在看不見出口的黑暗中掙扎，同時追求竭盡所能的解答。」

要關心他們的身體，以及心理健康，營造能健康生活的環境。

雖然這是最低的底限，但他們依然是一群無法計算的人。

他們非常開心，即使受苦但依然樂在其中。總有一天忘記時間，甚至忘記自己是人，完全聽不見他人的勸阻而蠢動。

「像我們這些不屬於創作的人，只能竭盡己能。不，即使超過自身能力，依然要設法追隨他們，與他們同甘苦共患難……我覺得這才是我們的工作。」

所以無論如何，創作現場都無法成為工廠，不可能依照預定計劃執行。即使真能靠集體智慧突破。但是面對一個人的人生，連集體智慧都相形見絀。正因為未知，才會既有趣又痛苦。這才是創作。

「創作這種工作注定不平凡。正因為不平凡，成果才能撼動人心，幫助許多人。由於業界是這樣，我才會強烈嚮往，並且投身其中。」

我借用茉平先生的話，說出相反的結論。

「我說完了。」

在我全部說完後，會議室籠罩在沉默中。

窗外的世界依然遠離喧囂。寂靜而緊繃的氣氛籠罩早晨的會議室。

茉平先生靜靜開口。

「你……」

一瞬間斟酌遣詞用字後，他筆直注視我。

「你的言下之意是，有作品值得你傷害許多人的身體與精神，讓他們留下痛苦的回憶？」

聽得我睜大眼睛。

這句言論相當極端。而且用詞相當狡猾。

可是我已經知道該怎麼回答這個問題。

「對，值得——」

我想起志野亞貴的模樣。

與之前和奈奈子對話時想起的模樣不同。志野亞貴甚至讓我感覺到，她斬斷了迷惘，顯得十分莊嚴神聖。

創作不是流水線作業。即使想順暢地依照預定計劃執行，依然會發生意想不到的阻礙。

正因為在作品誕生前的工序既不完整也不穩定，我們才會在其中發現神明或永遠。

我想起一位女性，她不惜犧牲與家人相處的時間，依然堅持創造世界。不久，她的身影與某一位創作者重疊。她全神貫注面對平板電腦工作，是我最信賴又尊敬的對象。

創作並不平凡。而且不可能平凡。

要以框架束縛創作者，對她們而言太失禮了。

（這就是……我的回答。）

有些事物一一在我的心中得到結論。

之前一直模糊不清的事物，開始出現具體外型。

茉平先生恢復原本的表情。和平常工作時一樣平穩。

「但是……我依然相信橋場你。」

「感謝前輩，我也很尊敬前輩您。」

「往後的職場生涯中，我一直希望你能成為我的夥伴，不過——」

他惋惜地低下頭。

「看來目前無法和你並肩而行了呢。」

然後明確表示。

茉平先生為何如此厭惡舊方法。到底為何不惜否定一切，也要排除以前的作風。

我不知道原因，也沒有理由開口問他。

如果相信堀井先生的話，那麼將來到了必要時刻，或許會問他原因。

可是我覺得，如今已經錯失了詢問的機會。

「今後再討論吧。我並不想放棄你。」

「感謝您。」

隨後茉平先生靜靜地離開房間。

傳出碰的一聲關門聲，房間籠罩在寂靜中。

距離上班還有一點時間。彷彿全世界沒有任何人，現場安靜無聲，甚至覺得時間停止了一樣。

這是沒有退路的選項。我認識可愛的女孩們，成為好朋友，讓女孩對我墜入情網。兩人交往後攜手成家，然後就業……照理說，往後應該會有這種未來。

可是我已經知道，這種幸福的未來一點也不幸福。照理說我已經知道，可是我再度陷入迷惘。

因為我早已身處地獄，但我還沒做好心理準備。

不過今天已經完全確立了路線。

我究竟想走向何方呢。

回到十年前的我，到底想做什麼。

找到答案的時刻已經迫在眉睫。

「必須開始著手才行。」

我低聲告訴自己，然後拿出帶來放在一旁的文件。

這是我從去年年底就持續思考的企劃書。

企劃是為了我，以及我們的未來。

面對即將成為獨當一面的創作者，展翅翱翔的朋友們，我下定決心一點一點前進。

企劃書裡包含了我們至今為止的一切經驗。

在苦難的最後創作作品，脫離危機。
為不相信自己力量的女孩創造機會。
以及妥協到最後，差一點失去朋友的未來。
還有我在不同的未來，重新找回自己當下的作為。
我想讓這份企劃書包含這一切。
「開始動手吧。」
會議室內充滿早晨的陽光。從百葉窗的縫隙灑落室內的陽光，讓我手中的企劃書熠熠生輝。
目前企劃尚未成立。唯有分量特別充實，不過堆砌的全都是我心中澎湃的想法，實在稱不上企劃書。
但是我可以斷定。我手邊這份不完全的企劃書，有可能比迄今寫過的都好。
而且我要相信這份可能性，做好貫徹的心理準備。
「我要了解大家，製作這部作品。」
我曾經讓奈奈子認清自己，帶貫之回頭，並且讓志野亞貴成為怪物。
其實我一直很害怕。戰慄於自己以前的作為有多重大，而且還試圖藉由聽從他人的話，降低自己的罪惡。

如今我終於明白，其實這都是徒勞無功。因為我從很久以前就已經全身浸泡在地獄的血海中。

我能盡的努力，就是為奮戰的大家充當防波堤。

即使距離完成還很遙遠，但是封面已經寫上了確定的ＩＰ。

這股黑暗的力量玩弄我，又給我機會，如今依然瘋狂嘶吼。

殘酷的鋒刃不受任何人控制，僅在一切經過的事物上留下痕跡。

歷史透過積累而誕生，未來藉由解密而創造，造就永遠的祕寶。

在曾經穿梭到的世界中，這個ＩＰ我只聽過一次。未來的得勝者軟體製作的超級大作，除此之外我不清楚詳情，可是這個名稱不知為何，深深烙印在我的腦海裡。

我總覺得這是命中註定。所以我在這裡寫下這個ＩＰ。

〈神祕發條〉。

這個ＩＰ揭示了目前依然不見蹤影，讓我失去方向的「時間」。

後記

終於進入第九集了。前後陪伴了從第一集開始，持續關注本作品的讀者長達四年。當初我還擔心這部作品能撐多久，現在則是好奇會寫到第幾集。目前還有想寫的內容。恭也等人的立場與想法也逐漸產生變化，不過希望各位讀者與之前一樣，繼續支持他們的未來。另外告訴各位一個小知識，第九集章節標題是仿自我最喜歡的福岡歌曲名。

本書出版的時候，電視動畫應該也正好開始播映了。我同樣也從企劃立項之初就長時間參與。包括系列構成與劇本，我參與過不少內容。不知道最後作品會如何呈現，敬請各位讀者也務必收看動畫。

……我在後記中一直鄭重其事地問候。畢竟是本篇作品，不太容易在後記頁隨便閒扯。不知是幸運還是不幸，我寫這樣的短文很順利。所以不像以前的輕小說，經常因為「後記沒什麼好寫的」就開始閒話家常。不過我也擔心讀者會不會喜歡看這些硬梆梆的文章。不過各位讀者如果想看用詞柔和又耍寶的作者，歡迎蒞臨 YouTube 的木緒なち頻道（順勢自然地宣傳）。

以下是致謝詞。在愈來愈嚴肅的劇情中，えれっと老師一直幫忙繪製變化自如

的精美插圖，這一集同樣感謝您的幫忙。您最先提供的感想是我的助力。以及責編T，抱歉我這個作者還是在您百忙之中勞煩您，今後還要再請年多多指教。還有讓各位讀者觀賞充滿熱情的漫畫版作者閃老師，漫畫責編K，今後還會十分忙碌，敬請兩位多多指教。接著是各位動畫製作組同仁，這部作品很難改編，非常感謝各位製作出含有高度熱量的動畫。希望能炒熱作品的氣氛。當然還有各位讀者鼎力支持「需要力量閱讀」的本作品。故事還會再持續一段時間，預告聽起來好像揹著龜殼的老爺爺。雖然不確定一段時間是多久，但是敬請各位讀者多多支持。

那麼我們下一集再見。祝各位身體健康。

木緒なち　敬啟

✿あとがき✿

後記

このたびは、
『ぼくたちのリメイク ～怪物のはじまり～』を
手に取っていただきありがとうございます！

非常感謝
購買《我們的重製人生～怪物的誕生～》
本書的各位讀者！

斎川のひた向きさは純粋にパワフルで
見習いたいものです…！
そして貴重なメガネっ子成分。最高だぜ!!

齋川的專注既純粹又充滿力量，
真想向她學習…！
還有珍貴的眼鏡女孩成分。太棒了 !!

2021.7
えれっと

浮文字
我們的重製人生(09)
（原名：ぼくたちのリメイク9）
作者／木緒なち　封面插畫／えれっと　譯者／陳冠安
執行長／陳君平　榮譽發行人／黃鎮隆
協理／洪琇菁　國際版權／黃令歡、梁名儀
總編輯／呂尚燁　美術主編／陳聖義
執行編輯／丁玉霈　宣傳／陳品萱
出版／城邦文化事業股份有限公司　尖端出版
台北市中山區民生東路二段一四一號十樓
電話：（〇二）二五〇〇七六〇〇　傳真：（〇二）二五〇〇二六八三
E-mail：7novels@mail2.spp.com.tw
發行／英屬蓋曼群島商家庭傳媒股份有限公司城邦分公司　尖端出版
台北市中山區民生東路二段一四一號十樓
電話：（〇二）二五〇〇—七六〇〇（代表號）
傳真：（〇二）二五〇〇—一九七九
中部以北經銷／楨彥有限公司
電話：（〇二）八九一九—三三六九
傳真：（〇二）八九一四—五五二四
雲嘉經銷／智豐圖書股份有限公司　嘉義公司
電話：（〇五）二三三—三八五二
傳真：（〇五）二三三—三八六三
南部經銷／智豐圖書股份有限公司　高雄公司
電話：（〇七）三七三—〇〇七九
傳真：（〇七）三七三—〇〇八七
一代匯集／香港九龍旺角塘尾道六十四號龍駒企業大廈十樓B&D室
電話：（八五二）二七八三—八一〇二
傳真：（八五二）二七八二—一五二九
馬新經銷／城邦（馬新）出版集團　Cite(M)Sdn.Bhd.
E-mail：Cite@cite.com.my
法律顧問／王子文律師　元禾法律事務所
台北市羅斯福路三段三十七號十五樓
二〇二三年七月一版一刷

■中文版■

郵購注意事項：
1. 填妥劃撥單資料：帳號：50003021戶名：英屬蓋曼群島商家庭傳媒(股)公司城邦分公司。2. 通信欄內註明訂購書名與冊數。3. 劃撥金額低於500元，請加附掛號郵資50元。如劃撥日起 10～14日，仍未收到書時，請洽劃撥組。劃撥專線TEL：(03) 312-4212 ・ FAX：(03) 322-4621。E-mail：marketing@spp.com.tw

國家圖書館出版品預行編目資料

我們的重製人生 / 木緒なち 作 ; 陳冠安 譯. --1版.
--臺北市：尖端出版, 2023.07
面 ; 公分. --(浮文字)
譯自：ぼくたちのリメイク
ISBN 978-626-356-610-1(第9冊：平裝)

861.57　　112005439